Alfred Hitchcock

Alfred Hitchcock

Die drei ??? und das Aztekenschwert

Erzählt von William Arden nach einer Idee von Robert Arthur

Franckh'sche Verlagshandlung
Stuttgart

Aus dem Amerikanischen übertragen von Leonore Puschert
Titel der Originalausgabe: »Alfred Hitchcock and The Three Investigators in the Mystery of the Headless Horse«
(Random House, Inc., New York / 1977, ISBN 0-394-93569-1)
Für die amerikanische Ausgabe:

Schutzumschlag von Aiga Rasch

CIP-Kurztitelaufnahme der Deutschen Bibliothek

Arden, William:
Die drei ??? [Fragezeichen] und das Azteken-schwert / erzählt von William Arden nach e. Idee von Robert Arthur. Alfred Hitchcock. [Aus d. Amerikan. übertr. von Leonore Puschert]. –
6. Aufl. – Stuttgart : Franckh, 1984.
Einheitssacht.: Alfred Hitchcock and the three investigators in the mystery of the headless horse <dt.>
ISBN 3-440-05201-X
NE: Hitchcock, Alfred [Angebl. Verf.]

6. Auflage / 141.–165. Tausend
Franckh'sche Verlagshandlung, W. Keller & Co., Stuttgart / 1984

ISBN 3-440-05201-X / L 9sl H cs
Satz: W. Kohlhammer GmbH, Stuttgart

Die drei ??? und das Aztekenschwert

Alfred Hitchcock bringt ein neues Abenteuer

Willkommen wiederum in der Welt der drei ???, jener nervenaufreibend emsigen Jungdetektive, die ich gelegentlich – und dies durchaus zu meinem Vergnügen! – an dieser Stelle präsentieren darf. Die Burschen haben gerade ein höchst bemerkenswertes und lehrreiches Abenteuer glücklich überstanden, und das möchte ich eurer Aufmerksamkeit wärmstens empfehlen.

Höchst bemerkenswert ist das ohne Zweifel – ein Geheimnis zu lüften, das aus so ferner Zeit stammt wie der Krieg zwischen Mexiko und den Vereinigten Staaten. Mit diesem Geheimnis tauchen auf: ein Pferd ohne Kopf, ein legendäres juwelenbesetztes Schwert und ein Trio längst dahingegangener Schurken, deren gewundenen Pfaden es nach mehr als 130 Jahren zu folgen gilt! Und lehrreich ist ohne Frage die Entdeckung, daß verstaubte alte Schriftstücke nicht immer die Wahrheit enthalten. Zumindest ist es ratsam, zwischen den Zeilen zu lesen!

Solcherart ist also der faszinierende und schwierige Fall, den unsere jungen Detektive auf den Seiten dieses Buches enträtseln. Ansporn für ihre Mühen sind uneingeschränkt lobenswerte Motive – selbstlose Hilfsbereitschaft für die stolze und ehrbare Familie Alvaro, die von den ersten Siedlern in Kalifornien abstammt, und altersgemäßer Appetit auf Spannung und Abenteuer. Sobald die Jungen diesen neuesten Fall in Angriff nehmen, beweisen sie wieder Einfallsreichtum und Mut, die sie bei Lesern und Freunden in aller Welt berühmt gemacht haben.

Wie? Da sagt doch tatsächlich jemand, er habe noch nie von den drei ??? gehört! Dann ist es höchste Zeit, mit ihnen Bekanntschaft zu schließen! Anführer des Trios ist der ausgefuchste Justus Jonas, dessen Geistesgaben nur noch von seinen überzähligen Kilos aufgewogen werden. Seine Freunde und Helfer sind Peter Shaw, ein muskelstarker, munterer Knabe, der allerdings leicht die Nerven verliert, und der bedächtige und belesene Bob Andrews. Alle drei Jungen wohnen in dem Küstenstädtchen

Rocky Beach in Kalifornien, nicht weit von Hollywood. Ihr Hauptquartier, die »Zentrale«, ist ein alter Campinganhänger, gut versteckt auf dem weithin berühmten Trödelmarkt »Gebrauchtwaren-Center T. Jonas«.
Damit wäre der Form genügt. Nun blättert um und folgt den drei ??? durch Geheimnis und Gefahr – wenn ihr den Mut dazu habt!

Alfred Hitchcock

Es geht hart auf hart

»Hallo, Just! Diego Alvaro will mit dir reden«, rief Peter Shaw. Gerade trat er aus der Schultür. Für heute war Schluß mit dem Unterricht, und seine Freunde Justus Jonas und Bob Andrews warteten draußen schon auf ihn.
»Ich wußte gar nicht, daß du mit Alvaro bekannt bist«, sagte Bob zu Justus.
»Bekannt ist zuviel gesagt«, gab Justus zurück. »Wir sind zwar beide im Forscherclub für kalifornische Geschichte, aber er ist eher ein Einzelgänger. Was will er denn, Peter?«
»Weiß ich nicht. Er fragte nur, ob du ihn nach der Schule am Sportplatzeingang treffen könntest – falls du Zeit hättest. Ich hatte den Eindruck, es ist ihm ziemlich wichtig.«
»Vielleicht hat er einen Auftrag für die drei Detektive«, meinte Justus hoffnungsvoll. Justus, Peter und Bob hatten sich als Detektivteam nun schon längere Zeit nicht mehr aktiv einsetzen können.
Peter zuckte die Achseln. »Kann sein. Aber er will nur mit dir reden.«
»Wir gehen alle drei hin«, bestimmte Justus.
Peter und Bob nickten und schlossen sich ihrem wohlbeleibten Freund an. Sie taten eigentlich immer, was Justus wollte. Als Intelligenzler und Anführer traf Justus die meisten Entscheidungen für die drei ???. Immerhin erhoben die beiden anderen auch manchmal Einwände. Peter, ein großer, kräftiger Junge, fand Justs Angewohnheit, sich bei Ermittlungen unbekümmert in Gefahr zu begeben, schlicht unmöglich. Und Bob, der drahtige Bücherfreund, bewunderte Justs schnellen und scharfen Verstand, aber das selbstherrliche Gehabe des Ersten Detektivs brachte ihn gelegentlich zur Weißglut. Doch wo Justus aufkreuzte, wurde es eben nie langweilig. Er hatte einen fast unheimlichen »Riecher« für Geheimnisse und einen sechsten Sinn für Abenteuer. Und so waren die drei Jungen meistens dicke Freunde.

Justus schritt als erster um die Ecke des Schulhauses und bog in eine ruhige, von Bäumen gesäumte Seitenstraße ein. Weiter hinten war das Tor zum Sportplatz der Schule. Die Jungen schlüpften in ihre Anoraks. Es war ein Donnerstagnachmittag im November, und obwohl die Sonne schien, wehte eine kühle Brise die Straße entlang.
»Ich seh' Diego ja gar nicht«, sagte Bob mit einem scharfen Blick durch seine Brillengläser, als die drei sich dem Tor näherten.
»Dafür ist ein anderer da!« sagte Peter mit einem unwilligen Laut.
Gleich hinter dem Tor parkte ein kleines offenes Fahrzeug, halb Transporter und halb Personenwagen – einer der neuen Geländewagen. Ein breitschultriger, stämmiger Mann mit Cowboyhut, Jeansanzug und Cowboystiefeln hockte auf einem der vorderen Kotflügel. Neben ihm lehnte lässig ein großer magerer Junge mit langer Nase. Auf der Wagentür stand der goldene Schriftzug »Norris-Ranch«.
»Skinny Norris!« Bob verzog unmutig das Gesicht. »Was hat der hier –«
Ehe Bob seinen Satz zu Ende bringen konnte, hatte der große Junge die Freunde erspäht und rief herüber:
»Wen haben wir denn da? Sherlock Holmes in Breitformat und seine zwei vertrottelten Spürhunde!« Skinny lachte boshaft.
Skinny – sein voller Name war Skinner Norris – war der Erzfeind der drei ???. Als verwöhnter Sohn eines wohlhabenden Geschäftsmannes war Skinny ein fürchterlicher Angeber, der fortwährend zu beweisen versuchte, daß er klüger sei als Justus. Das glückte ihm zwar nie, aber er brachte es doch immer wieder zuwege, den drei ??? Prügel zwischen die Beine zu werfen. In einem Punkt war er ihnen gegenüber nämlich im Vorteil – er war ein paar Jahre älter und hatte schon den Führerschein und dazu einen eigenen Sportwagen. Für die drei Freunde war er also beneidenswert mobil, aber auch ganz und gar unausstehlich.
Diese neueste Verhöhnung konnte Justus Skinny nicht durchgehen lassen. Er blieb dicht vor dem Sportplatztor stehen und sagte

schlicht: »Hast du da eben jemanden reden hören, Bob?«
»Sehen kann ich keinen«, gab Bob zurück.
»Aber riechen tu' ich irgendwen.« Peter schnüffelte. »Oder irgendwas.«
Der stämmige Cowboy auf dem Kotflügel des Wagens lachte und sah Skinny an. Der große Junge wurde rot. Mit geballten Fäusten schritt er drohend auf die drei ??? los. Er wollte gerade etwas sagen, als eine neue Stimme laut wurde:
»Justus Jonas! Es tut mir leid, daß ich zu spät komme. Ich möchte dich um einen Gefallen bitten.«
Ein schlanker Junge mit dunklem Haar und dunklen Augen kam vom Sportplatz durch das Tor. Er hielt sich so aufrecht, daß er größer wirkte, als er tatsächlich war. Er trug enge alte Jeans, Reitstiefel mit kurzem Schaft und ein weites weißes Hemd mit farbigen Stickereiborten. Er sprach akzentfrei, aber seine ausgewählte Redeweise ließ ahnen, wie sehr er noch dem alten spanischen Brauchtum verbunden war.
»Was denn für einen Gefallen, Diego?« fragte Justus.
Skinny Norris lachte. »Aha, du gibst dich neuerdings mit mexikanischen Zugereisten ab, Dicker? Sieht dir ähnlich. Sorg lieber dafür, daß er wieder nach Mexiko abhaut – tu' uns allen einen Gefallen.«
Diego Alvaro fuhr herum. Es ging so blitzschnell und glatt, daß er dicht vor Skinny stand, noch ehe der große Junge mit Lachen aufhören konnte.
»Das wirst du zurücknehmen«, sagte Diego. »Du wirst dich entschuldigen.«
Einen Kopf kleiner als Skinny, jünger und bei weitem nicht so schwer, hatte sich Diego vor dem größeren Jungen aufgepflanzt. Er sah so würdevoll aus wie ein spanischer Grande.
»Denkste«, sagte Skinny. »Bei einem Mexikaner entschuldige ich mich doch nicht.«
Wortlos verabreichte Diego dem grinsenden Skinny eine saftige Ohrfeige.
»Hör mal, du kleiner –!«

Skinny schlug den Jungen zu Boden. Doch sofort sprang Diego wieder auf die Füße und versuchte bei Skinny einen Treffer zu landen. Der große Junge schlug ihn noch einmal nieder. Diego stand auf, ging wieder zu Boden, stand wieder auf. Aus Skinnys Gesicht verschwand das Grinsen. Er stieß Diego von sich, auf die Fahrbahn hinaus, und blickte sich um, als hätte er gern jemanden hier, der dem ungleichen Kampf ein Ende setzen sollte.
»He, könnte mal eben einer diesen Knilch –«
Justus und Peter traten auf die beiden zu. Da sprang der stämmige Cowboy lachend vom Wagen auf.
»Okay, Alvaro«, sagte der Cowboy. »Nun laß mal. Ziehst ja doch den kürzeren.«
»NEIN!«
Alle standen starr. Der schroffe Befehl kam von einem Mann, der scheinbar aus dem Nichts aufgetaucht war. Er sah aus wie eine ältere Ausgabe von Diego. Obwohl er viel größer war, hatte er den gleichen schlanken, aber kräftigen Körperbau und ebenfalls dunkles Haar und dunkle Augen. Auch er trug alte Jeans als Reithose, Cowboystiefel mit Stulpen und ein verziertes Hemd – aus verblichenem schwarzem Stoff mit roter und gelber Stickerei. Auf dem Kopf hatte er einen schwarzen Sombrero mit *conchos* – runden Silberplättchen. Seine Miene war stolz und hochmütig, sein Blick hart und kalt.
»Keiner mischt sich hier ein«, gebot der Neuankömmling barsch. »Das sollen die Jungen unter sich ausmachen.«
Der Cowboy zuckte die Achseln und lehnte sich wieder gegen den Wagen. Auch die drei ???, vom Ungestüm des Mannes eingeschüchtert, zogen sich in die Zuschauerrolle zurück. Skinny schoß wütende Blicke um sich und wandte sich wieder Diego zu. Auf der Straße hob der kleinere Junge die Fäuste und kam näher.
»Aha, du hast wohl noch nicht genug?« fauchte Skinny.
Auf dem freien Platz zwischen dem Geländewagen und dem nächsten parkenden Auto ging die Rauferei weiter. Plötzlich machte Skinny einen Satz rückwärts, um zu einem letzten vernichtenden Schlag auszuholen.

»Vorsicht!« schrien Peter und Bob gleichzeitig.
Skinnys Sprung nach hinten hatte ihn unmittelbar vor ein herannahendes Auto gebracht! Doch Skinny hatte nur Augen für Diego und merkte nicht, in welcher Gefahr er war!
Bremsen kreischten, aber das Auto konnte unmöglich noch rechtzeitig anhalten!
Mit gesenktem Kopf sprang Diego auf Skinny los und rammte ihm mit aller Kraft die Schulter in den Bauch, um ihn so aus der Bahn des sich nähernden Wagens zu werfen. Beide Jungen stürzten auf den Asphalt, während das Auto vorüberschlitterte und ein paar Meter weiter quietschend zum Stehen kam.
Zwei reglose Körper lagen auf der Straße. Voll banger Ahnungen stürzten die Umstehenden auf sie los.
Da rührte sich Diego und erhob sich langsam, mit einem Lächeln. Er war unverletzt! Und auch Skinny war nichts passiert. Diegos rascher Angriff hatte ihn unsanft, aber wirkungsvoll aus der Gefahrenzone geschleudert.
Erleichtert klopften Bob und Peter Diego auf die Schulter, als der Autofahrer herzulief.
»Gute Reaktion, Junge! Alles in Ordnung mit dir?«
Diego nickte. Der Fahrer dankte ihm, vergewisserte sich, daß auch Skinny unversehrt war, und dann fuhr er weiter. Skinny lag noch auf der Fahrbahn, bleich und verstört.
»Glück muß der Mensch haben!« murmelte Skinnys Cowboy-Freund, als er dem Jungen auf die Beine half.
»Der . . . der Kleine war meine Rettung«, sagte Skinny.
»Kann man wohl sagen!« rief Peter. »Bedank dich mal schön.«
Skinny nickte verdrossen. »Danke, Alvaro.«
»Du dankst mir?« sagte Diego. »Das ist alles?«
Skinny sah verdutzt drein. »Was denn noch?«
»Ich habe deine Entschuldigung noch nicht gehört«, sagte Diego gelassen.
Skinny starrte den schlanken Jungen verdutzt an.
»Du nimmst jetzt zurück, was du vorhin gesagt hast«, forderte ihn Diego auf.

Skinny wurde rot. »Wenn dir das so wichtig ist, na schön. Dann nehm' ich das eben zurück. Ich . . .«
»Das genügt mir«, sagte Diego. Er drehte Skinny den Rücken zu und ging ein paar Schritte weg.
»Na hör mal –« fing Skinny an. Dann sah er Bob, Peter und Justus grinsen. Sein hageres Gesicht wurde zornrot. Er lief auf den Geländewagen zu. »Cody!« rief er dem Cowboy zu. »Los, hauen wir hier ab!«
Der Cowboy sah Diego und den erzürnten Unbekannten an, der jetzt neben dem Jungen stand.
»Da habt ihr euch aber was eingebrockt«, sagte Cody. Dann stieg er zu Skinny in den Wagen und fuhr los.

Die Alvaros und ihr Familienstolz

Codys Drohung noch in den Ohren, sahen die drei ??? Diego bestürzt dem Wagen nachblicken.
»Das war wieder falsch mit meinem Stolz!« sagte Diego zerknirscht. »Der wird uns noch ruinieren!«
»Nein, Diego!« fuhr der unbekannte Mann auf. »Du hast es gut gemacht. Für einen Alvaro zählen vor allen Dingen Stolz und Ehre.«
Diego wandte sich den Jungen zu. »Das ist mein Bruder Pico. Er ist unser Familienoberhaupt. Pico, das sind meine Freunde Justus Jonas, Peter Shaw und Bob Andrews.«
Ernsthaft und gemessen verbeugte sich Pico Alvaro vor den Jungen. Er war nicht älter als fünfundzwanzig, aber auch in alten Jeans, abgewetzten Stiefeln und abgetragenem schwarzem Hemd wirkte er wie ein spanischer Edelmann der alten Zeit.
»Señores – es ist uns eine Ehre, eure Bekanntschaft zu machen.«
»De nada«, sagte Justus und erwiderte die Verbeugung.

»Ah?« Pico lächelte. »Du sprichst Spanisch, Justus?«
»Lesen geht ganz gut«, sagte Justus bescheiden, »aber sprechen kann ich es nicht richtig. Lange nicht so, wie Sie Englisch sprechen.«
»Ihr müßt auch keine zwei Sprachen beherrschen«, sagte Pico höflich. »Wir sind stolz auf unsere Abstammung, deshalb sprechen wir Spanisch. Aber wir sind Amerikaner wie ihr, also ist auch Englisch unsere Sprache.«
Ehe Justus etwas erwidern konnte, platzte Peter ungeduldig heraus: »Was wollte denn dieser Cody damit sagen, als er meinte, ihr hättet euch da was eingebrockt?«
»Aufgeblasenes Gerede, es hat nichts zu bedeuten«, sagte Pico voll Verachtung.
Diego meinte unbehaglich: »Ich weiß nicht, Pico. Mr. Norris . . .«
»Behellige andere nicht mit unseren Sorgen, Diego.«
»Sie haben Sorgen?« fragte Justus. »Mit Cody und Skinny Norris?«
»Eine Bagatelle, nicht der Rede wert«, erklärte Pico.
»Uns die Ranch stehlen – für mich ist das keine Bagatelle!« sagte Diego.
Bob und Peter machten große Augen. »Eure Ranch? Wie . . .?«
»Laß gut sein, Diego«, sagte Pico. »Stehlen ist ein hartes Wort.«
»Welches Wort paßt denn besser?« fragte Justus.
Pico überlegte kurz. »Vor einigen Monaten hat Mr. Norris die Ranch neben uns gekauft. Er will in der Nachbarschaft noch weitere Grundstücke erwerben und alles zu einem großen Gutsbesitz vereinigen – ich nehme an, als Geldanlage. Er wollte auch unsere Ranch aufkaufen, aber die ist alles, was wir haben, und obwohl er uns ein gutes Angebot machte, wollen wir nicht verkaufen. Da war Mr. Norris sehr verärgert.«
»Wild ist er geworden, wie ein gereizter Stier«, sagte Diego mit einem Grinsen.
»Es ist nämlich so«, fuhr Pico fort, »auf unserem Land ist ein alter Staudamm mit einem Rückhaltebecken am Flußlauf des

Santa Inez Creek. Für seine große Ranch braucht Mr. Norris dieses Wasser. Als wir uns weigerten zu verkaufen, bot er uns noch mehr Geld. Und als wir dann immer noch nicht wollten, versuchte er uns nachzuweisen, unser Anrecht auf das Land, das uns seinerzeit die Spanier zugewiesen hatten, sei ungesetzlich. Damit hat es seine Ordnung. Unser Land gehört uns zu Recht.«
»Er hat sogar durch Cody dem Sheriff melden lassen, unsere Ranch sei bei einem Brand ein Umweltrisiko, weil wir nicht genug Leute haben«, sagte Diego empört.

Mr. Norris verdient nach diesen bedenklich stimmenden Auskünften über seine Grunderwerbs-Taktik wohl kaum mehr Sympathie als sein ungeratener Sprößling. Dieser dezente Hinweis auf eine mögliche Bedrohung der Hacienda Alvaro scheint mir ein nicht ungefährliches Spiel mit dem Feuer . . .

»Wer ist eigentlich dieser Cody?« wollte Bob wissen.
»Der Gutsverwalter von Mr. Norris«, erklärte Pico. »Norris ist Geschäftsmann. Von der Landwirtschaft hat er keine Ahnung.«
»Und der Sheriff war wegen der Feuergefahr anderer Meinung?« fragte Peter. »Ihre Ranch ist also sicher?«
Pico seufzte. »Wir kommen schon zurecht, aber wir haben wenig Geld. Mit der Steuer sind wir im Rückstand. Davon hat Mr. Norris Wind bekommen, und da versuchte er durchzusetzen, daß unsere Ranch von den Finanzbehörden beschlagnahmt wird, damit er sie auf diesem Umweg kaufen kann. Also mußten wir schnellstens unsere Steuern bezahlen, und da . . .«
»Da haben Sie bei einer Bank eine Hypothek aufgenommen«, sagte Justus ahnungsvoll.
Peter runzelte die Stirn. »Was ist denn eine Hypothek, Just?«
»Man beleiht ein Haus oder Grundstück, oder beides«, erklärte Justus. »Wenn man dann den Kredit nicht zurückzahlt, geht das Haus oder das Land an die Bank über.«

»Das heißt also«, sagte Peter, »daß ich einen Kredit aufnehme, um meine Steuerschuld zu bezahlen, damit das Finanzamt mir die Ranch nicht wegnimmt, aber ich muß zugleich den Bankkredit zurückzahlen, sonst kassiert die Bank meine Ranch! Da komme ich ja vom Regen in die Traufe.«

»Nein«, sagte Justus. »Steuerschulden muß man sofort und in voller Höhe begleichen, einen Kredit dagegen kann man in einzelnen Raten abtragen. Dabei entstehen zwar zusätzliche Kosten, weil man noch Zinsen bezahlen muß, aber man gewinnt dadurch Zeit, und kleine Zahlungen lassen sich leichter aufbringen.«

»Ein Haken ist dabei«, sagte Pico mit einem Unterton von Empörung. »Ein Amerikaner mexikanischer Abstammung, der mehr Grundbesitz als flüssige Mittel hat, bekommt in Kalifornien nicht so leicht einen Bankkredit. Ein alter Freund und Nachbar, Emiliano Paz, hat uns gegen eine Hypothekensicherheit Geld geliehen, damit wir unsere Steuern bezahlen konnten. Jetzt können wir aber das Hypothekendarlehen nicht abtragen, und deshalb kommen wir zu dir, Justus.«

»Zu mir?«

»Solange ich lebe, werden wir Alvaros von unserem Land nichts mehr verkaufen«, sagte Pico ingrimmig. »Aber im Lauf der Generationen haben die Alvaros eine Menge Möbel, Kunsthandwerk, Bücher, Kleidung, Hausgeräte und so weiter angesammelt. Es ist schmerzlich, sich von Traditionswerten zu trennen, aber wir müssen unsere Zahlungen aufbringen, und so wird es Zeit, daß wir Entbehrliches verkaufen. Ich habe gehört, daß dein Onkel Titus solche Dinge zu einem angemessenen Preis aufkauft.«

»Na, und ob!« rief Peter. »Je älter, je lieber!«

»Ich glaube«, sagte Justus, »Onkel Titus wird begeistert sein. Gehen wir!«

Justus hatte keine Eltern mehr. Er wohnte am Stadtrand von Rocky Beach bei seinem Onkel Titus und seiner Tante Mathilda. Gegenüber dem Wohnhaus, auf der anderen Straßenseite, lag

der Familienbetrieb, das »Gebrauchtwaren-Center T. Jonas.« Dieser Super-Trödelmarkt war im ganzen Küstengebiet von Südkalifornien bekannt. Er führte nicht nur den handelsüblichen Schrott und Trödel – alte Eisenrohre und Bauholz, billige Möbel, gebrauchte Haushaltsgeräte –, sondern auch viele Kostbarkeiten, die Onkel Titus mit liebevoller Sorgfalt zusammentrug: hölzerne Wandverkleidungen mit Schnitzwerk, antike Badezimmereinrichtungen aus Marmor, schmiedeeiserne Gitter.
Das Alltagsgeschäft im Betrieb überließ Onkel Titus seiner Ehefrau Mathilda. Er interessierte sich mehr fürs Aufspüren von Wertobjekten, die sich gewinnbringend verkaufen ließen. Haushaltsauflösungen, Konkursversteigerungen, Verkaufsaktionen infolge Brandschaden – all diese Gelegenheiten nahm er wahr, und mit Feuereifer war er zur Stelle, wenn es Hausgeräte aus langjährigem Familienbesitz zu erwerben galt. Wie Justus und Peter vorausgesagt hatten, war er vom Angebot der Alvaros begeistert.
»Worauf warten wir noch?« sagte er mit funkelnden Augen.
Schon Minuten später startete der Lastwagen der Firma Jonas nach Norden, landeinwärts in Richtung auf die Ausläufer des Küstengebirges, wo die Alvaro-Ranch lag. Patrick, einer der beiden muskelstarken irischen Helfer im Betrieb, saß am Lenkrad, neben sich Onkel Titus und Diego. Justus, Peter, Bob und Pico saßen hinten auf der Pritsche des offenen Wagens. Die Nachmittagssonne schien noch, aber schon ballten sich dunkle Novemberwolken über den Bergen zusammen.
»Was meint ihr, ob die Wolken dort endlich Regen bringen?« fragte Bob. Seit Mai hatte es nicht mehr geregnet, doch nun konnte der Winterregen mit jedem Tag einsetzen.
Pico zuckte die Achseln. »Vielleicht. Es sind nicht die ersten Wolken, die wir in diesem Herbst beobachtet haben. Den Regen könnten wir schon gebrauchen. Auf der Alvaro-Ranch haben wir zum Glück das Staubecken, aber es muß jedes Jahr aufgefüllt werden. Der Wasserstand ist zur Zeit sehr niedrig.«
Pico sah hinaus auf die dürre braune Landschaft mit ihrem

spärlichen Bewuchs von staubbedeckten immergrünen Eichen. »Früher einmal«, sagte er, »gehörte all das Land hier den Alvaros. Die ganze Küste entlang und bis weit über die Berge hinaus. Mehr als zwanzigtausend Morgen!«
»Die Hacienda Alvaro.« Bob nickte. »Wir haben das in der Schule gelernt. Eine Landzuweisung durch den König von Spanien.«
»Ja«, sagte Pico. »Unsere Familie lebt schon sehr lange in der Neuen Welt. Juan Cabrillo, der als erster Europäer in das noch unbekannte Kalifornien vordrang, hat das Gebiet im Jahre 1542 für Spanien in Besitz genommen. Aber Carlos Alvaro war schon vor dieser Zeit auf dem amerikanischen Kontinent! Er diente unter dem Konquistador Hernando Cortez, als dieser das Aztekenreich besiegte und 1521 den Süden von Mexiko eroberte.«
»Das war ja schon einhundert Jahre, ehe die Pilgerväter bei Plymouth Rock an Land gingen!« rief Peter.
»Und wann kamen nun die Alvaros nach Kalifornien?« fragte Justus.
»Viel später«, antwortete Pico. »Die Spanier begannen erst mehr als zweihundert Jahre nach Cabrillos Entdeckung damit, Kalifornien zu besiedeln. Kalifornien lag ja sehr weit von der neuspanischen Hauptstadt Mexico City entfernt, und die kriegerischen Indianerstämme und das unwirtliche Land legten ihnen große Hindernisse in den Weg. Zunächst war Kalifornien für die Spanier nur auf dem Seeweg zu erreichen.«
»Damals glaubten sie sogar, Kalifornien sei eine Insel, nicht?« meinte Justus.
Pico nickte. »Eine Zeitlang, ja. Dann führte Hauptmann Gaspar de Portolà 1769 eine Expedition in den Norden und kam auf dem Landweg nach San Diego. Mein Vorfahr, Leutnant Rodrigo Alvaro, war sein Gefolgsmann. Im Verlauf seiner Reise entdeckte Portolà die Bucht von San Francisco, und schließlich errichtete er 1770 eine Siedlung in Monterey. Auf dem Zug nach Norden sah mein Vorfahr Rodrigo das Gebiet, in dem heute Rocky Beach liegt, und später beschloß er, sich hier niederzulassen. Er

ersuchte den Gouverneur der Provinz Kalifornien um das Land und erhielt es im Jahr 1784 zugewiesen.«

»Ich denke, er bekam das Land vom König von Spanien«, sagte Peter.

Pico nickte. »Gewissermaßen ja. All das neuspanische Gebiet gehörte von Rechts wegen dem König. Aber die Gouverneure von Mexiko und Kalifornien konnten in seinem Auftrag Landzuweisungen vornehmen. Rodrigo bekam mehr als zweiundzwanzigtausend Morgen. Heute sind uns davon nur noch einhundert Morgen geblieben.«

»Wie ist es dazu gekommen?« fragte Bob.

»Ach . . .« sagte Pico mit einem Blick aus dem Wagen über das Land. »Vielleicht eine Art Gerechtigkeit, Bob. Wir Spanier hatten den Indianern das Land weggenommen, und andere nahmen es wiederum uns weg. Im Lauf der Jahre gab es in der Sippe Alvaro viele Nachkommen, und der Besitz wurde immer wieder geteilt. Manches wurde verkauft, manches verschenkt, manches gestohlen – Machenschaften von Feinden und Kolonialbeamten. Es kam scheinbar nicht sehr darauf an, das Gebiet war ja so groß. Nachdem Kalifornien im Jahr 1848 in die Vereinigten Staaten aufgenommen wurde, gab es Besitzstreitigkeiten und Gebietsabtretungen zur Steuerentschuldung. Allmählich wurde unsere Ranch zu klein, um noch Gewinn abzuwerfen. Aber unsere Familie war immer stolz auf ihre spanisch-mexikanische Abstammung – meinen Namen erhielt ich nach dem letzten mexikanischen Gouverneur von Kalifornien, Pio Pico, und eine Statue des großen Cortez steht heute noch auf unserem Besitz. Die Alvaros weigerten sich, ihre Existenz als Rancheros aufzugeben. Als sie aus dem Grundbesitz keinen Gewinn mehr erwirtschafteten, verkauften sie Teile davon, um leben zu können.«

»Und jetzt will Mr. Norris auch noch den Rest haben!« rief Peter.

»Er wird ihn nicht bekommen«, erklärte Pico entschlossen. »Es ist kein sehr fruchtbares Land, und als Weideland ist es inzwischen zu klein, aber wir haben eine kleine Pferdezucht, und wir bauen Avocado-Bäume und Gemüse an. Mein Vater und mein Onkel gingen immer wieder zur Arbeit in die Stadt, um für die Ranch etwas zuschießen zu können. Jetzt, nach ihrem Tod, werden Diego und ich es ebenso machen, wenn es nötig ist.«

Die Landstraße, die der Lastwagen entlangfuhr, war nach Norden stetig durch hügeliges Gelände angestiegen. Jetzt durchquerte sie ein weites, offenes, ziemlich ebenes Gebiet. Hier machte die Straße in westlicher Richtung eine leichte Biegung nach links. Mitten in der Kurve zweigte ein gewundener Fahrweg nach rechts ab.

Pico wies diesen Weg entlang. »Der führt zur Norris-Ranch.«

Die drei ??? konnten in der Ferne die Gebäude der Norris-Ranch sehen, aber die Fahrzeuge davor konnten sie nicht genau erkennen. Sie fragten sich, ob wohl Skinny und Cody schon zurück waren.

Hinter der Biegung nach Westen führte die Landstraße auf einer kleinen Steinbrücke über ein ausgetrocknetes Flußbett.

»Das ist der Santa Inez Creek – unsere Gebietsgrenze«, sagte Pico. »Er führt erst wieder Wasser, wenn die Regenzeit kommt. Unser Staudamm am Creek ist etwa eine Meile weiter nördlich – da oben in den Bergen.«

Die langgestreckten Bergzüge, die Pico meinte, erhoben sich gleich hinter dem Fluß rechts von der Straße. Es war eine Reihe niedriger, schmaler, steil abfallender Kämme, die sich wie lange Finger vom Gebirge im Norden her ausbreiteten.

Als der Lastwagen am letzten Hügelzug vorbeifuhr, zeigte Pico zum Grat hinaus. Ein großes Reiterstandbild, ein Mann auf einem sich aufbäumenden Pferd, hob sich dort oben schwarz gegen den Himmel ab. Der Mann hatte einen Arm hoch erhoben, als gebiete er einer unsichtbaren Armee, ihm zu folgen.

»Der Eroberer Cortez«, sagte Pico stolz. »Das Wahrzeichen der Alvaros. Indianer haben das Standbild vor fast zweihundert Jahren gemacht. Cortez ist der Held der Alvaros.«

Nach dem letzten Bergrücken wurde das Land wieder flach, und die Straße führte auf einer weiteren Brücke über eine Schlucht.

»Ist das auch ein ausgetrocknetes Flußbett?« fragte Peter.
»Das wäre gut«, sagte Pico. »Aber es ist nur ein Arroyo. Darin sammelt sich zwar nach starken Niederschlägen das Regenwasser, aber ein Arroyo wird nicht von einer Quelle gespeist wie ein Creek.«
Nun bog der Lastwagen rechts ab, auf einen von Avocado-Bäumen gesäumten Feldweg. Gleich darauf ging es noch einmal nach rechts, in einen großen öden Hof.
»Willkommen auf der Hacienda Alvaro«, sagte Pico.
Als die drei ??? auf den staubbedeckten Boden herunterkletterten, sahen sie ein langgestrecktes, niedriges Ranchhaus, eine Hacienda aus Lehmziegeln, mit weißgetünchten Mauern, tief eingeschnittenen Fenstern und einem Giebeldach aus roten Ziegeln. Gestützt von dunkelbraunem Gebälk, war das Dach über die ebenerdige, ziegelbelegte Veranda herabgezogen, die an der Hausfront entlanglief. Links daneben stand ein eingeschossiges Scheunengebäude mit Pferdestall. Davor war eine umzäunte Koppel. Krüppeleichen wuchsen rings um die Koppel und den Stall und auf dem ganzen Gelände. Unter dem düsteren Novemberhimmel wirkte alles verkommen und trostlos.
In geringer Entfernung hinter dem Haus führte der Arroyo vorüber, den der Lastwagen auf der Straße überquert hatte, und dahinter erhoben sich die Bergkämme. Justus zeigte seinem Onkel das Standbild des Cortez.
»Kann man das kaufen?« fragte Onkel Titus sofort bei Pico an.
»Nein«, sagte Pico, »aber in der Scheune gibt es viele andere Sachen.«
Patrick fuhr mit dem Lastwagen langsam an die Koppel heran, während die anderen über die staubbedeckte Erde ins Scheunen- und Stallgebäude gingen. Drinnen herrschte dämmriges Licht, und Pico hängte seinen Hut an einen Holzhaken, damit er die Familienschätze besser sehen und vorführen konnte. Onkel Titus und den drei ??? gingen bei dem Anblick die Augen über.
In der einen Hälfte des langgestreckten Gebäudes waren Pferdeboxen und landwirtschaftliche Geräte und Maschinen unterge-

bracht. Aber die andere Hälfte diente als Lagerraum. Vom Fußboden bis zur Decke stapelten sich Tische, Stühle, Truhen, Schreibsekretäre, Kommoden, Öllampen, Werkzeuge, Vorhangstoffe, Schüsseln, Krüge, Wannen und sogar eine zweirädrige Kutsche! Onkel Titus verschlug es die Sprache angesichts solcher Schätze.
»Die Alvaros besaßen viele Häuser«, erklärte Pico. »Jetzt haben wir nur noch diese Hacienda hier, aber die Einrichtung aus all den anderen Häusern bewahren wir hier auf.«
»Das möchte ich alles kaufen, abgemacht!« sagte Onkel Titus.
»Schaut mal!« sagte Bob. »Eine alte Rüstung! Ein Helm und ein Brustpanzer!«
»Und Schwerter, und ein Sattel mit Silberbeschlag!« setzte Peter hinzu.

In einem der vorausgegangenen Abschnitte verbirgt sich eine äußerst wichtige Information für den weiteren Verlauf unseres Falles. Hut ab vor dem aufmerksamen und gedächtnisstarken Leser, der sie registrierte und speicherte!

Die Besucher machten sich eifrig daran, die Lagerbestände zu sichten. Aber Onkel Titus hatte kaum mit der Inventur begonnen, als sich draußen eine Stimme erhob. Er blickte auf. Jetzt riefen zwei Stimmen durcheinander.
Niemand rührte sich, alle horchten. Wieder drangen die Stimmen zu ihnen – diesmal deutlicher.
»Feuer! Feuer!«
Feuer! In wilder Hast drängten alle zur Tür.

Feuer!

Als die drei ??? aus der Scheune liefen, konnten sie schwachen Rauchgeruch in der Luft wahrnehmen. Zwei Männer standen im Hof, sie schwenkten die Arme und riefen.
»Pico! Diego! Dort!«
»Hinter dem Staudamm!«
Pico wurde blaß. Auf der Koppel konnten sie alle eine Rauchsäule von den dürren braunen Bergen im Norden zum bewölkten Himmel aufsteigen sehen. Sie war ein Zeichen höchster Gefahr im Mesquite und Chaparral, dem dichten Pflanzenwuchs von Südkalifornien – ein Buschfeuer!
»Wir haben schon die Feuerwehr und die Forstverwaltung angerufen!« rief einer der beiden Männer. »Schnell, Schaufeln und Äxte her!«
»Wir müssen hinreiten!« brüllte der andere. »Holt die Pferde heraus!«
»Nehmt doch unseren Lastwagen!« rief Justus.
»Gut!« Pico war einverstanden. »Schaufeln und Äxte sind in der Scheune!«
Der Ire Patrick lief los, um den Lastwagen zu starten, während die anderen sich ihr Werkzeug aus der Scheune holten. Diego und Onkel Titus sprangen zu Patrick ins Führerhaus, die anderen drängten sich auf der offenen Pritsche zusammen und hielten sich an den Seiten fest, als der Wagen losfuhr. Außer Atem machte Pico die Mitfahrer untereinander bekannt.
»Das sind unsere Freunde Leo Guerra und Porfirio Huerta. Über viele Generationen haben ihre Familien für die Hacienda Alvaro gearbeitet. Jetzt haben Leo und Porfirio kleine Häuser weiter oben an der Straße und arbeiten in der Stadt. Aber sie helfen uns immer noch auf der Ranch aus.«
Die beiden gedrungenen, schwarzhaarigen Männer begrüßten die Jungen höflich, dann schauten sie voll Bangen über das Führerhaus nach vorn, als Patrick auf dem schmalen Fahrweg

durch die Alvaro-Ranch den Weg in die Berge einschlug. In ihren wettergegerbten, lederartigen Gesichtern stand die Sorge, und sie fingerten ratlos an ihren alten geflickten Jeans herum. Während der Fahrt nach Norden verdichtete sich der Rauch, und fast verdunkelte er ganz das verhangene Sonnenlicht. Die drei ??? bekamen undeutlich mit, wie sie an Gemüsefeldern mit Bewässerungsgräben vorüberfuhren, dann an einer Gruppe Pferde, die auf einer Koppel nach Süden galoppierten. Zuerst verlief der Weg parallel zu dem trockenen Arroyo und den Bergen. Dann, kurz vor dem hohen Gebirge, gabelte er sich. Bei der rechten Abzweigung war deutlich das Feuer zu sehen. Patrick steuerte den Lastwagen mit halsbrecherischer Geschwindigkeit den holprigen Weg entlang auf den sich immer weiter ausbreitenden Rauch zu. Der Weg machte eine Biegung zu dem Arroyo hin, der bald darauf am Fuß eines hohen, felsigen Bergrückens jäh endete. Gleich dahinter fiel auch der Berghang wieder ab, und nun verlief rechts vom Fahrweg ein alter steinerner Staudamm. Unterhalb der Mauer schlängelte sich das ausgetrocknete Bett des Santa Inez Creek nach Südosten hin, jenseits des Bergkammes. Hinter dem Staudamm war das Rückhaltebecken – jetzt nur mehr ein Tümpel am Fuß eines sanften Hügels. Als der Lastwagen am Wasser entlangkurvte, waren zum ersten Mal deutlich Flammen zu sehen, die durch den Rauch vorn emporzüngelten.

»Hier halten wir!« schrie Pico von hinten vor.

Der Lastwagen bremste scharf, knapp einhundert Meter vor dem vorwärtsdrängenden Feuer, und alle kletterten herunter.

»Verteilt euch im Gelände, so weit es geht!« gebot Pico. »Versucht einen Graben durchs Buschwerk zu ziehen. Und Erde ins Feuer schaufeln! Vielleicht können wir das Feuer zum Becken hin abdrängen. Schnell!«

Das Feuer loderte in weitem Halbkreis zu beiden Seiten des Creek oberhalb des Staubeckens. Als bedrohliche schwarze Linie drang es vor – oben stieg der Rauch empor und quoll in die Weite, und unten züngelten Flammen auf, halbverborgenen Dämonen gleich.

Eben war da noch lebend-grünes Buschwerk, und im nächsten Augenblick wurde es zu schwarzer Asche.
»Zum Glück haben wir kaum Wind!« schrie Peter. »Graben, Leute!«
Sie stellten sich in einer langen Reihe vor das langsam vordringende Feuer zur linken Seite des Creek und begannen Bäumchen abzuhauen, das Gebüsch zu lichten, einen flachen Graben zu ziehen und die Erde ins Feuer zu werfen.
»Da!« Bob zeigte über den Creek hin. »Da sind Skinny und dieser Cody, der Verwalter!«
Am anderen Ufer des Creek stiegen gerade Skinny, der Gutsverwalter Cody und eine Gruppe anderer Männer aus dem Geländewagen der Norris-Ranch und noch zwei Lastwagen. Mit Äxten und Schaufeln begannen sie auf ihrer Seite den Kampf gegen das Feuer aufzunehmen. Justus sah, daß auch Mr. Norris dabei war. Wild fuchtelte er herum und brüllte Befehle.
Die beiden Gruppen, die einander vor lauter Rauch und Flammen kaum sehen konnten, kämpften ohne weiteren Beistand gegen das Feuer an, und es erschien ihnen wie Stunden. Aber nach dem Stand der Sonne, die hin und wieder durch Rauch und aufziehendes Gewölk blinzelte, konnten sich die drei ??? ausrechnen, daß es nun nicht mehr lange dauern konnte, bis die Feuerwehren des Bezirks vollzählig auf dem Plan sein würden.
Die Männer von der Forstverwaltung kamen mit Chemikalien-Tankwagen und Bulldozern angefahren. Eine Gruppe Hilfssheriffs traf zur Verstärkung der Kommandos Alvaro und Norris ein. Feuerwehrzüge aus ganz Rocky Beach und den umliegenden Gemeinden brausten von allen Seiten durch den dürren Busch heran. Die Pumpwagen steuerten das Staubecken an, und bald schossen aus allen Rohren Wasserstrahlen gegen das andrängende Feuer.
Die Lastwagen der Nachbarn zu beiden Seiten des Creek wurden eingesetzt, um bereitstehende freiwillige Helfer heranzutransportieren. Die drei ??? sahen Patrick mit dem Lastwagen der Firma Jonas wegfahren. Jenseits des Creek rasten die Lastwagen

und der Geländewagen der Norris-Ranch südwärts zur Landstraße hin.
Hubschrauber und alte Bombenflugzeuge aus dem Zweiten Weltkrieg flogen in niedriger Höhe über Flammen und Rauch hin und warfen Wasserbehälter und rote Chemikalien zur Eindämmung des Feuers ab. Manche Flugzeuge zogen ihre Kreise über dem nicht einsehbaren Brandgebiet jenseits des Berges. Andere kamen unmittelbar über den Helfern heran und durchnäßten sie bis auf die Haut.
Im Verlauf der nächsten Stunde war der Kampf scheinbar aussichtslos. Das Feuer brannte unentwegt. Die Leute mußten sich immer weiter zurückziehen, um nicht im Rauch zu ersticken. Aber die Windstille und die flinke Zusammenarbeit aller Helfer auf den Anwesen Alvaro und Norris wirkten sich doch allmählich aus. Endlich war dem Vormarsch des Feuers Einhalt geboten. Obwohl es noch immer wütete und den ganzen Himmel und das Land mit schweren Rauchschwaden überzog, schien es doch nun eingedämmt, wie eine bedrängte Armee, die auf der Stelle tritt.
Bedrängt, doch nicht erstickt! Und die Lastwagen fuhren noch immer zwischen dem Brandgebiet und der Landstraße weit drüben hin und her, um neue Freiwillige herzubringen.
»Durchhalten!« geboten die Feuerwehrkommandanten verbissen. »Es kann immer noch jeden Augenblick außer Kontrolle geraten!«
Zehn Minuten später richtete sich Justus erschöpft auf, um sich das schweißbedeckte Gesicht abzuwischen. Da spürte er etwas an der Wange, und er schrie los:
»Regen! Pico! Onkel Titus! Es regnet!«
In großen Tropfen fiel rings umher der Regen. Die in langer Reihe gegen das Feuer kämpfenden Männer hielten inne und blickten auf. Dann schien der Himmel seine Schleusen zu öffnen, und eine wahre Sintflut überschwemmte ihre rauchgeschwärzten Gesichter. In den Flammen zischte und dampfte es, und aus der Reihe der Helfer stiegen rauhe Jubelrufe auf.
»Regen!« rief Bob erlöst, das rußverschmierte Gesicht zum

Himmel erhoben. Wie ein Gießbach strömte nun unablässig der Regen herab, und dazwischen donnerte es hin und wieder.
Überall zogen Rauchschwaden dahin, und aus einzelnen Glutnestern leckten noch immer Flammen an den verkohlten Hängen, aber die Gefahr war gebannt. Die Freiwilligen machten sich mit ihrem Gerät an die Rückfahrt und überließen das Feld den Feuerwehrmännern und Forstleuten, die nun das große Aufräumen übernahmen.
Geschwärzt, durchnäßt und erschöpft sammelte sich die Alvaro-Mannschaft auf dem Feldweg am Staubecken. Patrick war von seiner letzten Fahrt im Lastwagen noch nicht zurück. Der Wolkenbruch ging allmählich in ein stetiges Nieseln über, und der Abendhimmel hellte sich ein wenig auf.
»Kommt«, sagte Pico. »Gehen wir zu Fuß zurück. Es ist nicht ganz eine Meile, und wenn wir Bewegung haben, wird uns schon nicht kalt.«
Müde und naß, aber glücklich marschierten die drei ??? mit den anderen den Weg entlang. Auf dem schmalen Fahrweg, der jetzt voller Schlamm war, stauten sich die Lastwagen mit Freiwilligen, die nun langsam nach Süden abzogen. Vorn ragte der hohe Bergkamm auf, der den Santa Inez Creek von dem trockenen Arroyo schied.
Nach einem Blick auf den verstopften, schlammbedeckten Weg führte Pico seine Gruppe nach links. »Da gibt es einen kürzeren und bequemeren Weg zurück zur Hacienda«, erklärte er den Jungen und Onkel Titus.
Sie umgingen den Staudamm und fanden sich auf einem ausgedehnten, mit niedrigem Gebüsch bewachsenen Hügel am Fuß des hohen Bergrückens. Dieser Hügel setzte dem Arroyo eine Grenze gegen die Westflanke des Berges. Ein kaum erkennbarer Pfad führte hinunter zum Flußbett des Santa Inez Creek, etwa zehn Meter unterhalb des Staudamms. Ehe sie sich auf den Weg zu Tal machten, wandten sich alle noch einmal um und schauten zurück. Das ganze Land zu beiden Seiten des Creek oberhalb des Dammes war eine verkohlte Einöde.

»Verbranntes Land nimmt kein Wasser auf«, sagte Leo Guerra verdrossen. »Wenn es weiter so regnet, bekommen wir eine Überschwemmung.«
Ernüchtert schritt die Gruppe hügelabwärts und am Ufer des jetzt schlammiges Wasser führenden Flusses entlang. An der jenseitigen Böschung verlief der Feldweg zur Norris-Ranch. Auch er war in der Fahrtrichtung zur Landstraße durch Fahrzeuge mit heimkehrenden Helfern verstopft. Die drei ??? sahen den Norris-Geländewagen langsam vorbeifahren. Skinny saß mit ein paar anderen Leuten auf den Rücksitzen. Er sah die Jungen am anderen Ufer, aber auch er war zu erschöpft, um zu reagieren.
»Gehört das da drüben alles zum Norris-Land?« wollte Bob wissen.
Pico nickte. »Der Creek ist unsere Grenze von der Landstraße bis kurz vor den Staudamm. Dann biegt die Grenze ein kleines Stück nach Nordosten in die Berge ab. Der Staudamm und der obere Teil des Santa Inez Creek gehören noch zu unserem Gebiet.«
Der hohe felsige Bergzug zur Rechten der Gruppe flachte sich jetzt ab. Dahinter konnten die drei ??? die ganze Bergkette sehen, die sich nach Süden erstreckte. Pico bog vom Flußufer ab und ging auf einem grasbewachsenen Pfad durch die sanften Ausläufer der Berge weiter. Auf diesem Pfad gingen sie nun im Gänsemarsch. Der Anblick unverbrannten Erdbodens tat den Augen wohl. Die Hänge waren spärlich mit niedrigem Gestrüpp bewachsen, und dazwischen zeigte sich braunes Felsgestein. Noch hing überall Rauch in der Luft, aber der Regen hatte schon fast wieder aufgehört. Einmal noch brach die Sonne durch die Wolken, ehe sie unterging.
Peter hatte noch genügend Energie für einen strammen Fußmarsch, und Justus war viel zu ungeduldig, um herumzutrödeln. Bald fanden sich die beiden Jungen als Vorhut. Als sie die letzte Steigung im Gelände nahmen, waren sie den anderen schon fast zwanzig Meter voraus.
»Just!« schrie da Peter plötzlich und zeigte in die Höhe.

Hoch oben auf dem Berggrat über ihnen, immer wieder verhüllt von ziehenden Rauchschwaden, war ein Reiter auf einem großen schwarzen Roß! Im Zwielicht starrten die Jungen hinauf zu dem sich aufbäumenden Pferd. Seine mächtigen Vorderhufe zuckten in der rauchgeschwängerten Luft, und sein Kopf . . .
»Das – das –« stammelte Justus, »– das hat ja gar keinen Kopf!«
Das Pferd, das sich dort oben auf dem Berg aufbäumte, war geköpft!
»Los, weg!« schrie Peter entsetzt.

Das geköpfte Pferd

Das Pferd ohne Kopf schien durch die Rauchschwaden auf sie loszuspringen!
Bob und Diego kamen gerade angelaufen, als Peter und Justus sich zur Flucht wandten. Weiter hinten trabten Onkel Titus, Pico, Leo Guerra und Porfirio Huerta auf dem schmalen Pfad durchs Bergland.
»Es hat keinen Kopf mehr!« rief Peter. »Ein Gespenst! Schnell weg!«
Bob blieb stehen und starrte auf das schwarze Roß und seinen Reiter, während sich der Rauch verflüchtigte. Dann riß er die Augen auf.
»Justus, Peter, das ist doch nur –« fing Bob an.
Und Diego lachte laut. »Das ist das Cortez-Standbild! Im Rauch hat das so ausgesehen, als bewegte es sich!«
»Cortez kann das nicht sein!« rief Peter. »Euer Pferd hatte doch einen Kopf!«
»Kopf?« Diego bekam den Mund nicht mehr zu. »Tatsächlich, der Pferdekopf ist weg! Da hat jemand unser Standbild kaputtgemacht! Pico!«

»Ja, ich sehe es auch«, sagte Pico, als er mit den anderen ankam. »Schauen wir uns die Sache mal an.«
Sie liefen alle durch den Rauch bergan bis zu der hölzernen Statue. Die Leiber des Pferdes und des Reiters waren aus roh zubehauenen Holzstämmen. Beine, Arme, Schwert und Sattel waren einzeln geschnitzt und angefügt. Das Pferd war schwarz bemalt und mit den Farben Kastiliens, Rot und Gelb, verziert. Unter dem hohen Sattel war mit Farbtupfern eine Schabracke angedeutet. Auch der Reiter war schwarz angestrichen, bis auf einen gelben Bart, blaue Augen und rote Zierstreifen an der Rüstung. Der Anstrich war jedoch überall abgeblaßt.
»Bisher wurde das Standbild immer wieder einmal frisch angemalt«, erklärte Diego. »Nur sind wir schon lange nicht mehr dazugekommen. Ich glaube, das Holz fault allmählich.«
Im Gras neben dem Pferd lag der abgebrochene Kopf, das aufgerissene Maul mit verblichenem Rot bemalt. Pico wies auf einen schweren Metallbehälter, der dicht dabei am Boden lag.
»Das hier hat den Pferdekopf abgeschlagen. Eine Chemikalienbombe von der Brandbekämpfung. Ein Flugzeug oder Hubschrauber muß sie ausgerechnet beim Überfliegen der Statue abgeworfen haben!«
Peter bückte sich, um den Kopf zu untersuchen. Das Holz ging an einem Stück in den Hals des Pferdes über, und dieser war glatt abgebrochen. Kopf und Hals waren hohl, als hätte der Holzschnitzer vor dem Annageln an den Pferderumpf das Gewicht des Holzteils verringern wollen. Aus dem Ende der Halshöhlung ragte etwas hervor. Peter griff hinein und zog es vollends heraus.
»Was ist denn das?« fragte er.
»Zeig mal her«, sagte Justus und nahm das Ding in die Hand. Es war eine dünne Hülse aus Leder mit stumpfen Metallbeschlägen.
»Das sieht genauso aus«, sagte Justus bedächtig, »wie eine Schwertscheide. Ihr wißt doch, worin man das Schwert trägt, so wie man eine Pistole im Halfter trägt. Nur –«
»Nur ist der Hohlraum innen so weit«, sagte Bob. »Darin würde ein Schwert ohne Halt hin und her rasseln.«

»Und es ist auch kein Haken dran, womit man sich das Ding an den Gürtel hängt«, meinte Justus noch.
»Zeig mal«, sagte Pico und nahm sich die Hülse. Dann nickte er. »Justus hat schon recht. Es ist keine Schwertscheide, aber es ist eine Hülle für ein Schwert. Sie wurde über die Schwertscheide geschoben, wenn die Waffe, die vielleicht sehr kostbar war, nicht getragen wurde. Die Hülle sieht ziemlich alt aus.«
»Alt? Kostbar?« Diego war plötzlich ganz aufgeregt. »Vielleicht ist das dann die Hülle vom Schwert des Cortez! Peter, sieh mal im Kopf –«
Peter suchte bereits in dem abgebrochenen Pferdekopf. Dann richtete er sich auf und untersuchte noch die ganze Statue. Doch er schüttelte den Kopf.
»Sonst ist nichts im Kopf und Hals zu finden, und Rumpf und Beine sind massiv.«
»Unsinn, Diego«, sagte Pico schroff zu seinem Bruder. »Das Cortez-Schwert ist schon seit langer Zeit verschollen.«
»War es ein kostbares Schwert?« fragte Peter.
»Das läßt sich vermuten, Peter«, sagte Pico. »Aber manchmal sehe ich nicht klar. Es kann auch irgendein gewöhnliches Schwert gewesen sein, um das sich mit der Zeit eine phantastische Legende rankte. Es war lange Zeit in unserem Familienbesitz.«
»Hat es wirklich dem großen Cortez gehört?« fragte Bob.
»Ja, so heißt es in unserer Familienchronik«, antwortete Pico. »Unser Ahnherr Don Carlos Alvaro, der erste Alvaro in der Neuen Welt, hat einst Cortez' Armee vor einem Überfall aus dem Hinterhalt bewahrt. Aus Dankbarkeit schenkte Cortez Don Carlos dieses Schwert. Nach der Legende war es ein besonders prunkvoller Degen, den Cortez selbst vom König von Spanien erhalten hatte. Es heißt, er habe einen Griff aus massivem Gold gehabt und sei ganz mit Juwelen besetzt gewesen – der Griff, die Scheide und sogar die Klinge. Rodrigo Alvaro brachte den Degen mit, als er sich hier ansiedelte.«
»Und was ist dann daraus geworden?« forschte Justus.
»Im Jahr 1846, zu Beginn des Krieges mit Mexiko, als Yankee-

Soldaten nach Rocky Beach kamen, ist er verschwunden.«
»Dann haben ihn also amerikanische Soldaten gestohlen?« rief Peter.
»Wahrscheinlich«, sagte Pico. »Soldaten in Feindesland sind immer scharf auf Wertsachen. Die hohen Militärs behaupteten später steif und fest, sie wüßten überhaupt nichts von dem Cortez-Schwert, und das mochte vielleicht sogar stimmen. Mein Ururgroßvater, Don Sebastián Alvaro, wurde beim Versuch, aus der Gefangenschaft zu fliehen, von den Amerikanern erschossen. Er stürzte ins Meer, und seine Leiche wurde nicht geborgen. Der Yankee-Kommandant der Garnison Rocky Beach nahm an, das Schwert sei mit ihm zusammen untergegangen. Jedenfalls blieb es verschwunden. Vielleicht war es gar nicht so phantastisch. Nur ein gewöhnlicher alter Degen, den mein Ururgroßvater auf der Flucht bei sich trug.«
»Ja, aber«, sagte Justus nachdenklich, »niemand weiß genau, was aus dem Ding geworden ist, und irgendwer muß doch diese alte Hülle ins Innere des Reiterstandbildes gesteckt haben, und –«

Was meint Justus? Wo das Behältnis ist, kann auch der Inhalt nicht weit sein? Doch wir hörten ja: Nichts mehr zu finden in Kopf und Hals des Pferdes – und sowohl der Rumpf als auch die Beine sind massiv. An welcher Stelle in der Umgebung des hölzernen Cortez könnte aber ein Schwert verborgen sein – worin, worunter, woran?

»Pico! Die Hacienda!«
Diego stand am Rand des Abhanges auf der anderen Seite. Alle liefen zu ihm hin und starrten voll Entsetzen über die Felder hin. Das Haus stand in hellen Flammen!
»Die Scheune brennt auch!« rief Onkel Titus.
»Los, hin!« schrie Pico.

Sie rannten den Hang hinunter und über die Felder auf die Flammen zu, die hoch in den Abendhimmel schlugen. Der Rauch aus den brennenden Gebäuden mischte sich mit den letzten Schwaden des Buschbrandes. Ein Feuerwehrauto parkte auf dem staubigen Hof der Hacienda, und rußverschmierte Männer versuchten, mit einem Schlauch zum Haus vorzudringen. Aber schon als die Alvaros und ihre Freunde den Hof erreichten, stürzten krachend die Dächer des Wohnhauses und der Scheune ein. Da blieb nichts übrig als lichterloh brennende Ruinen!

»Hat keinen Zweck mehr«, sagte ein Feuerwehrmann zu Pico. »Tut mir leid, Alvaro. Vom Buschfeuer müssen Funken übergesprungen sein.«

»Wie konnte es bloß dazu kommen?« fragte Peter bestürzt. »Wir hatten doch kaum Wind!«

»In Bodennähe war es fast windstill«, sagte der Feuerwehrmann. »Aber ein kleines Stück über dem Boden weht es oft ziemlich stark. Vom Feuer steigt heiße Luft auf, die trägt Funken mit sich, und der Wind über dem Boden reißt die Funken mit und verweht sie über große Entfernungen. Ich habe das schon öfter beobachtet. Da fehlte nicht viel, und die trockenen alten Dachbalken an den Häusern da mußten Feuer fangen. Und ist erst einmal Glut unter die Dachziegel vorgedrungen, kann sie auch der Regen nicht mehr löschen. Hätten wir die Flammen schon eher gesehen, dann hätten wir vielleicht noch etwas retten können, aber bei dem Rauch überall –«

Der Mann brach ab, als zwei Mauern des alten Ranchhauses einstürzten. Jetzt erstarben die Flammen am Haus rasch, da sie keine Nahrung mehr fanden. Pico und Diego standen schweigend da. Die Jungen und Onkel Titus mußten hilflos zusehen, und auch sie fanden keine Worte.

»All die Sachen in der Scheune!« rief Peter mit einem Mal.

Onkel Titus, Bob und Justus wandten den Blick zur Scheune. Sie war nur noch eine schwelende Ruine. Ein paar Mauern standen noch, aber alles andere war ein Raub der Flammen geworden. Alles, was Onkel Titus den Alvaros hatte abkaufen wollen!

»Alles ist verloren«, sagte Pico. »Und versichert sind wir nicht. Jetzt ist alles zu Ende.«
»Das Haus können wir wieder aufbauen!« sagte Diego energisch.
»Ja«, sagte Pico, »aber wie sollen wir jetzt unser Darlehen abzahlen? Wie können wir überhaupt das Land behalten, um neu zu bauen?«
»Onkel Titus –« sagte da Justus. »Wir hatten doch abgemacht, daß wir die Sachen in der Scheune kaufen wollten, also gehörten sie praktisch schon uns. Ich finde, dann müssen wir auch bezahlen.«
Onkel Titus zögerte und nickte dann. »Ja, ich finde, du hast recht, Justus. Wir waren handelseinig. Pico –«
Pico schüttelte den Kopf. »Nein, bitte, Mitleid wollen wir nicht. Ich danke Ihnen für den großzügigen Vorschlag, aber wenn schon alles verloren ist, müssen wir zumindest unseren Stolz und unsere Ehre wahren. Nein, wir werden unser Land an Mr. Norris verkaufen, das Darlehen an unseren Nachbarn zurückzahlen und uns in der Stadt Wohnung und Arbeit suchen. Vielleicht wäre es auch an der Zeit, nach Mexiko zurückzukehren.«
»Aber ihr seid doch Amerikaner!« wandte Bob ein. »Die Alvaros sind schließlich längere Zeit hier im Land als sonst jemand!«
»Vielleicht«, sagte Justus bedächtig, »können Sie das Geld, das Sie brauchen, anderweitig beschaffen.«
Pico lächelte trübe. »Da gibt es keine Möglichkeit, Justus.«
»Na, vielleicht doch«, sagte der Anführer der drei ???. »Eine abwegige Möglichkeit, aber . . . Müssen Sie diese Hypothek sofort ablösen? Und gibt es einen Ort, wo Sie eine Zeitlang wohnen könnten?«
»Bei Señor Paz, unserem Nachbarn, könnten wir schon unterkommen«, sagte Diego.
Pico nickte. »Ja, und ich glaube, er würde uns das Geld auch noch ein paar Wochen stunden, Justus, aber was –?«
»Ich habe über dieses Cortez-Schwert nachgedacht«, erklärte Justus. »Wenn es tatsächlich während des Krieges mit Mexiko gestohlen wurde, dann müßte es im Lauf dieser einhundert Jahre

doch irgendwo einmal aufgetaucht sein. Soldaten hätten es bestimmt sofort verhökert. Daß es nie wieder aufgetaucht ist, wirft für mich die Frage auf, ob es denn überhaupt gestohlen wurde. Vielleicht ist es auch irgendwo versteckt – genau wie die Schwerthülle, die wir gefunden haben!«

Diego sagte eifrig: »Pico! Justus hat sicher recht! Wir –«

»Unsinn!« fuhr Pico auf. »Es kann hundert andere Gründe haben, warum niemand mehr das Schwert gesehen hat! Vielleicht ist es mit Don Sebastián im Meer versunken, vielleicht auch auf irgendeine Art vernichtet worden. Vielleicht haben es Soldaten an irgendwen verkauft, und es ist dort seit all den Jahren unauffällig im Familienbesitz. Wer weiß, wo es sein mag – meinetwegen in China. Ihr zieht voreilige Schlüsse im Zusammenhang mit dieser Schwerthülle, aber die kann ja auch zu einem anderen Schwert gehören. Nein, es ist nichts als kindisches Wunschdenken, das Schwert des Cortez finden zu wollen, und mit solchen Phantasien retten wir unsere Ranch nicht.«

»Das mag ja alles sein«, räumte Justus ein, »aber diese Schwerthülle ist gewiß nicht durch Zufall ins Innere des Standbildes gekommen. Bei einer feindlichen Invasion in der Stadt hätte Don Sebastián allen Grund gehabt, ein wertvolles Schwert gut zu verstecken. Sie sollten immerhin danach suchen, finde ich, und wir können doch dabei helfen. Peter, Bob und ich haben viel Erfahrung bei solchen Suchaktionen.«

»Sie sind Detektive, Pico«, sagte Diego. »Zeigt es ihm, Freunde.«

Bob reichte Pico eine Karte. Darauf stand:

Die drei Detektive
Wir übernehmen jeden Fall
???

Erster Detektiv	Justus Jonas
Zweiter Detektiv	Peter Shaw
Recherchen und Archiv	Bob Andrews

Als Pico noch immer skeptisch dreinschaute, gab ihm Justus eine zweite Karte. Hier lautete der Aufdruck:

> Der Inhaber dieses Ausweises ist ehrenamtlicher Junior-Assistent und Mitarbeiter der Polizeidirektion von Rocky Beach. Die Behörde befürwortet jegliche Unterstützung von dritter Seite.
>
> gez. Samuel Reynolds
> Polizeihauptkommissar

»Da seid ihr also richtige Detektive«, sagte Pico, »aber es ist trotzdem eine närrische Idee. Wer sollte ein Schwert finden können, das seit mehr als einhundert Jahren verschollen ist?«

»Laß sie es doch versuchen, Pico!« bedrängte ihn Diego.

»Schaden kann es nicht«, meinte Onkel Titus.

Pico blickte auf die Ruine seines schönen alten Hauses und seufzte. »Also schön, sie sollen es versuchen. Ich will helfen, so gut ich kann, aber sie müssen begreifen, daß ich nicht allzu optimistisch bin. Wo sollen sie überhaupt anfangen? Und wie? Womit? Wo?«

»Uns wird schon etwas einfallen«, sagte Justus nicht sehr überzeugend.

Bald darauf kam Patrick mit dem Lastwagen zurück. Die Alvaros gingen mit Guerra und Huerta zu ihrem Nachbarn Emiliano Paz, und die drei ??? fuhren in die Stadt zurück. Hinten auf dem Lastwagen fragte Peter:

»Sag mal, Justus – wo fangen wir denn nun an?«

»Na«, meinte Justus grinsend, »die Antwort hast du in der Hand.«

»Wieso?« Peter schaute auf seine Hand, womit er die alte Schwerthülle umschlossen hielt.

»Ich möchte keine falschen Hoffnungen nähren«, erklärte Justus voll Eifer. »Aber mir ist da etwas aufgefallen. An den Metallbeschlägen der Hülle sind kleine Zeichen. Wir werden Alfred

Hitchcock anrufen, und vielleicht kann er uns jemanden nennen, der uns sagen kann, was diese Zeichen bedeuten.«
Die Augen des Ersten Detektivs funkelten. »Ich habe schon so eine Ahnung, was es damit auf sich hat, und wenn ich recht behalte, sind wir dem Schwert des Cortez auf der Spur!«

Die Suche beginnt

»Phantastisch!« rief Professor Marcus Moriarty mit leuchtenden Augen. »Da ist kein Zweifel möglich, junger Mann – diese Zeichen stellen das königliche Wappenschild von Kastilien dar!«
Es war Freitag nachmittag, und die drei ??? saßen in Hollywood bei Professor Moriarty im Arbeitszimmer. Justus hatte am Morgen Alfred Hitchcock angerufen, und der berühmte Filmregisseur hatte ihm seinen Freund Marcus Moriarty als erstrangigen Experten für spanische und mexikanische Geschichte genannt. Mr. Hitchcock hatte sich bereit erklärt, den Professor in Los Angeles anzurufen und einen Besuchstermin zu vereinbaren. Und sobald an diesem Tag die Schule zu Ende war, überredeten die drei ??? Patrick dazu, sie zum Haus des Professors zu fahren.
»Diese Hülle stammt zweifellos aus dem frühen sechzehnten Jahrhundert und war Eigentum des Königs von Spanien«, fuhr der Professor fort. »Wo habt ihr sie gefunden?«
Justus berichtete ihm von der Statue. »Ist die Hülle so alt, daß sie zu dem Cortez-Schwert der Familie Alvaro gehört haben kann?«
»Zu dem Cortez-Schwert?« Der Professor hob die Brauen. »Nun ja, die Hülle stammt aus derselben Zeit wie dieses Schwert. Oder genauer: zu einem schweren Degen, wie ihn die Spanier trugen, als sie Mexiko eroberten und gegen die Azteken kämpften. Das Cortez-Schwert ist ja seit 1846 mit Don Sebastián Alvaro verschollen. Es sei denn ... nun erzählt bloß nicht, ihr hättet die Waffe auch gefunden!«

»Nein, Sir«, sagte Bob.
»Sagen wir mal: *noch* nicht!« meinte Peter mit ungetrübter Zuversicht.
»Herr Professor«, sagte Justus, »wo können wir Genaues darüber erfahren, was Don Sebastián Alvaro zugestoßen ist? Und wo gibt es Aufzeichnungen über andere Ereignisse aus jenen Tagen?«
»Das Historische Forschungsinstitut in Rocky Beach hat alle Familiendokumente der Alvaros archiviert, meine ich«, sagte der Professor. »Und man hat dort auch Kopien von Urkunden der Armee der Vereinigten Staaten aus den Jahren des mexikanischen Krieges – soweit sie sich eben auf dieses Gebiet beziehen. Im übrigen verfügt das Institut selbstverständlich auch über das umfassendste heimatkundliche Archiv seit der Frühgeschichte.«
Die Jungen bedankten sich und machten sich zum Gehen bereit.
»Das Jahr 1846 werdet ihr bei euren Nachforschungen sehr ergiebig finden«, meinte der Professor noch. »Der mexikanische Krieg war in der kalifornischen und überhaupt der amerikanischen Geschichte eine recht denkwürdige Episode.«
»Wieso das?« wollte Bob wissen.
»Die Regierung der Vereinigten Staaten erklärte Mexiko im Mai 1846 den Krieg, und zwar nach Ansicht vieler Leute nur mit dem Ziel, sich mexikanisches Gebiet, darunter auch Kalifornien, anzueignen. Viele Kalifornier hatten unter der mexikanischen Herrschaft zu leiden – meist Yankees aus den Nordstaaten, die als Siedler hierher gekommen waren, aber auch einige der alten spanischen Rancheros. Als Schiffe der amerikanischen Kriegsmarine bei Ausbruch des Krieges in die wichtigsten Häfen in Kalifornien einliefen, stießen sie praktisch kaum auf Widerstand. Anschließend wurde entlang der Küste Militär stationiert – darunter viele Freiwillige aus einer der amerikanischen Forschungsexpeditionen von John C. Frémont. Frémont hielt sich zu jener Zeit zufällig in Kalifornien auf, und seine Leute fielen wie Besatzer ein, noch ehe überhaupt der Krieg erklärt war.«
»Ja, von Major Frémont haben wir im Unterricht gehört«, sagte Bob.

»Aha. Wie gesagt, in den Hafenstädten leistete man keinen Widerstand, und alles schien geordnet abzulaufen. Natürlich waren viele Rancheros über die Lage nicht glücklich, dennoch bildete sich kein organisierter Widerstand. Dann aber ging der Yankee-Kommandant, den Frémont in Los Angeles einsetzte, mit großem Ungeschick zuwege. Er verhaftete die hier ansässigen Rancheros und setzte sie unnötigen Demütigungen aus. Bald widersetzte sich die Bevölkerung mit Waffengewalt. Vermutlich fiel Don Sebastián Alvaro der unglückseligen Politik dieses Kommandanten zum Opfer. Hätte Don Sebastián überlebt, so hätte er sich nach meiner Meinung sicherlich an den nun ausbrechenden Kämpfen beteiligt. Die Alvaros waren mexikanische Königstreue. Ich glaube, Don Sebastiáns Sohn kämpfte sogar in Mexiko gegen die Amerikaner. In Kalifornien allerdings dauerten die Kämpfe nur einige Monate an. Bald war das Land fest in amerikanischer Hand, und Mexiko trat es bei Kriegsende 1848 an die Vereinigten Staaten ab.«
»Lieber Himmel«, sagte Peter, »das müssen aber aufregende Zeiten gewesen sein. Überlegt mal – ein richtiger Krieg hier vor unserer Haustür!«
Professor Moriarty sah Peter ernst an. »Krieg mag aufregend sein, aber ihn mitzuerleben ist keine schöne Sache. Sei dankbar, daß du in ruhigeren Zeiten lebst.«
Peter war arg zerknirscht, und der Professor milderte seinen strengen Ton. »Ich denke doch, ihr Jungen findet auch so genug Aufregendes zu unternehmen. Ihr glaubt also tatsächlich Grund zu der Annahme zu haben, das Cortez-Schwert könnte sich vielleicht noch heute in Rocky Beach befinden? Und ihr habt die Suche danach aufgenommen?«
»Vorläufig ist es nur eine vage Vermutung, Sir«, sagte Justus.
»Aha«, sagte der Professor. Seine Augen funkelten. »Da das Schwert nun schon so lange verschollen ist, dachte ich immer, es sei vielleicht nur eine Legende. Eine phantastische Geschichte ist es auf alle Fälle. Aber alles, was ihr entdeckt, würde mich natürlich interessieren!«

»Wir werden Sie gern unterrichten, Sir«, sagte Justus, und er bedankte sich noch einmal bei dem Professor für seine Hilfe.

Draußen hatte es sacht zu regnen begonnen. Patrick hatte inzwischen etwas für Onkel Titus erledigt und war noch nicht zurück, also mußten die Jungen warten. Sie stellten sich unter einen Baum, um trocken zu bleiben.

»Professor Moriarty hat sich ja für das Cortez-Schwert mächtig interessiert«, sagte Peter. »Aber das ginge wohl den meisten Leuten auch so.«

»Eben«, sagte Justus mit gerunzelter Stirn. »Ich glaube, Freunde, wir sollten möglichst nicht von dem Schwert reden, wenn es sich vermeiden läßt. Ich fürchte, wir verleiten sonst nur alle möglichen Leute dazu, überall zu fahnden. Professor Moriartys Bestätigung über die Echtheit der Schwerthülle ist ja praktisch die Garantie dafür, daß die Hülle zum Degen des Cortez gehört. Also gibt es doch eine echte Chance, die Waffe hier im Gebiet von Rocky Beach zu finden.«

»Gehen wir jetzt zum Historischen Forschungsinstitut, Just?« fragte Bob.

»Ja, das sollte für uns der nächste Schritt sein.«

»Und was suchen wir, Just?« fragte Peter.

»Das ist mir noch nicht ganz klar«, bekannte der Erste Detektiv, »aber wenn mich meine Ahnung nicht trügt, brauchen wir einen Beweis dafür, daß die Ereignisse von 1846 anders abgelaufen sind, als man allgemein glaubt.«

Es fing gerade stärker zu regnen an, als Patrick zurückkam, und alle drei Jungen drängten sich ins Führerhaus neben den irischen Athleten. Als sie in Rocky Beach ankamen, ließ Patrick sie beim Historischen Forschungsinstitut aussteigen und fuhr auf seiner Tour weiter. Die Jungen rannten durch den Regen in das Gebäude.

Niemand befand sich in den ruhigen Räumen voller Bücher, Akten und Ausstellungsvitrinen, außer dem Assistenten des Institutsleiters. Er kannte die drei ??? und ihren beruflichen Ehrgeiz, und er begrüßte sie mit ironischem Lächeln. »Aha, ihr

wandelt wieder einmal auf Sherlock Holmes' Spuren. Worum geht es denn diesmal?« fragte er. »Vermißt jemand sein Schoßhündchen, oder seid ihr hinter etwas Größerem her?«
»Na ja – immerhin geht es um das Cor –« fing Peter prahlerisch an.
Justus trat Peter heftig auf den Fuß, so daß der Zweite Detektiv vor Schmerz aufjaulte.
»'Tschuldigung«, sagte Justus ungerührt und lächelte den Historiker an. »Zur Zeit haben wir keinen Fall zu bearbeiten – wir helfen nur Bob bei einer heimatgeschichtlichen Hausarbeit für die Schule. Über die Familie Alvaro.«
»Eine Sammlung von Schriftstücken zur Chronik der Alvaros haben wir hier«, sagte der Historiker.
»Und haben Sie zufällig auch die Kriegsberichte der amerikanischen Armee über Don Sebastián Alvaro?« fragte Justus beiläufig.
Der Assistent holte die Unterlagen her. Es waren zwei große Pappschachteln voller Papiere. Die Jungen blickten ganz entmutigt darauf.
»Die Kriegsberichte sind ausschließlich Jahrgang 1846«, sagte der Historiker lächelnd. »Damals waren sie ganz versessen aufs Berichteschreiben.«
Die Jungen schleppten die schweren Schachteln in eine Ecke. »Ich gehe die Alvaro-Urkunden durch«, entschied Justus, »und ihr beide nehmt euch die Armee-Papiere vor. Die sind englisch geschrieben.«
Während der nächsten zwei Stunden vertieften sich die Jungen in die Dokumente aus den Schachteln und suchten nach Hinweisen auf Don Sebastián Alvaro oder das Cortez-Schwert. Der Historiker war mit dem Katalogisieren eines Stapels neuer Bücher beschäftigt und ließ die Jungen in Ruhe. Auch sonst kam niemand in die stillen Räume voller Bücherregale. Der einzige Laut war ein gelegentliches Stöhnen von Peter, wenn er wieder einen nichtssagenden Bericht durchstudiert hatte.
Als die zwei Stunden um waren, hatten die drei ??? beide

Schachteln gründlich durchgearbeitet und setzten sich zusammen, um ihre Funde zu sichten. Bob und Peter hatten drei Belege – Kopien von Originaldokumenten der amerikanischen Armee aus dem Jahr 1846 –, und Justus hatte einen einzigen vergilbten Brief.

»Es ist ein Brief von Don Sebastián an seinen Sohn«, erklärte Justus. »Sonst konnte ich nichts Wichtiges entdecken. Don Sebastián schrieb den Brief, als er in einem Haus in Rocky Beach in Kriegsgefangenschaft war. Sein Sohn war Offizier in der mexikanischen Armee, unten in Mexico City.«

»Und was steht in dem Brief, Justus?« fragte Peter.

»Na ja, es ist altertümliches Spanisch und für mich schwierig zu lesen«, gab Justus voll Unbehagen zu. »Soviel ich sehe, steht aber nur drin, daß amerikanische Soldaten Don Sebastián gefangengenommen haben und daß er in einem Haus am Meer in Haft gehalten wurde. Dann steht noch etwas über Besucher drin, und daß sonst alles in Ordnung sei und daß er den Sieg seines Sohnes über die feindlichen Angreifer noch erleben werde. Das könnte ein Hinweis auf ein Fluchtvorhaben sein, aber ganz sicher kann ich es nicht sagen. Das Datum des Briefes ist der 13. September 1846, und von einem Schwert steht nichts darin.«

»Mann, Just, er schrieb doch aus der Gefangenschaft«, wandte Peter ein. »Vielleicht hat er es da verschlüsselt ausgedrückt.«

»Ja, das könnte sein«, bestätigte Justus. »Wir sollten uns lieber den Brief von Pico Wort für Wort übersetzen lassen, und dann –«

»Vielleicht kommt es darauf auch gar nicht an, Freunde«, sagte Bob. Er hielt eine Urkunde in die Höhe. »Das ist ein Brief, den die amerikanische Armee an Don Sebastiáns Sohn José richtete, nachdem José bei Kriegsende heimgekehrt war. Darin bedauert die Regierung der Vereinigten Staaten den tragischen Tod Don Sebastiáns bei einem Fluchtversuch am 15. September 1846. Es wird eigens betont, daß den Soldaten keine andere Wahl blieb, da Don Sebastián bewaffnet war und Widerstand zu leisten versuchte. Er stürzte ins Meer, nachdem er von einer Kugel getroffen worden war. Die Schießerei wurde von Feldwebel

James Brewster gemeldet und von Unteroffizier William McPhee und dem Gefreiten S. Crane mit unterzeichnet. Das waren die wachhabenden Soldaten in dem Haus, wo Don Sebastián gefangengehalten wurde.«

»Das wissen wir alles schon«, stellte Peter fest. »Pico hat es uns erzählt.«

Justus war verblüfft. »Aber der Brief stimmt nicht genau mit Picos Geschichte überein. Was ist zum Beispiel mit –«

»Die Meldung von Feldwebel Brewster ist dem Brief im Wortlaut beigefügt«, sagte Bob verdrossen. »Daraus gehen die gleichen Fakten hervor wie aus dem Brief, mit der Ausnahme, daß er auch noch angibt, womit Don Sebastián bewaffnet war – mit einem Degen!«

Peter und Justus sahen Bob entmutigt an.

»Der Feldwebel nahm an, daß die Waffe Don Sebastián durch einen Besucher zugesteckt worden war«, fuhr Bob fort. »Also vermute ich, daß Don Sebastián tatsächlich mitsamt seinem Degen ins Meer gestürzt ist.«

Justus sah durchs Fenster in den strömenden Regen hinaus und überlegte scharf. Schließlich fragte er: »Und was hast du gefunden, Peter?«

»Für den in Frage kommenden Zeitraum nicht gerade viel«, erwiderte Peter bedrückt. »Nur einen Brief vom 23. September an einen befehlshabenden Offizier. Darin werden nähere Auskünfte über einen mexikanischen Angriff auf die Garnison Los Angeles in der Frühe dieses Tages angefordert, und einige Männer werden benannt, die sich am 16. September unerlaubt von der Truppe entfernt hatten und damit zu Deserteuren erklärt wurden. Nichts von Don Sebastián oder einem Schwert, also –«

Justus setzte sich kerzengerade hin. »Was waren das für Männer, diese Deserteure?«

Peter las die Urkunde. »Feldwebel Brewster, Unteroffizier McPhee und Gefreiter –«

»Crane!« rief Bob.

Aus der gegenüberliegenden Ecke des Raumes blickte der Histo-

riker unwillig herüber, doch die Jungen bemerkten es gar nicht.
»Brewster, McPhee und Crane!« sagte Justus hochbefriedigt. »Verschwunden seit dem 16. September 1846!«
»Ja, aber –« Peters Augen weiteten sich. »Mann! Das sind doch die drei Burschen, die auch Don Sebastián erschossen haben!«
»Genauer: die *behaupteten,* Don Sebastián erschossen zu haben«, stellte Justus richtig.
»Meinst du, das war gelogen, Just?« fragte Bob.
»Ich finde es«, sagte Justus messerscharf, »einen äußerst merkwürdigen Zufall, daß die Männer, die Don Sebastiáns Erschießung meldeten, gleich am nächsten Tag auf Nimmerwiedersehen desertiert sind.«
»Soll das heißen, die haben das Schwert gestohlen?« fragte Peter.
»Vielleicht. Aber wer hat dann die Schwerthülle in dem Standbild versteckt, und weshalb? Das alles ist schon sehr sonderbar. Wir sollten mit Pico darüber reden.«
»Es ist schon spät, Just«, sagte Peter. »Ich muß zum Abendessen nach Hause.«
»Und ich auch«, fügte Bob hinzu.
»Dann radeln wir morgen in aller Frühe zu Pico hinaus.«
Die drei ??? kopierten die vier Schriftstücke auf dem Kopiergerät des Instituts. Dann bedankten sie sich bei dem Assistenten für die Unterstützung und gingen. Es regnete noch immer in Strömen. Sie legten den Weg bis zum Schrottplatz im Laufschritt zurück, denn Bob und Peter hatten dort ihre Fahrräder stehen lassen. So wurden sie zum zweiten Mal innerhalb von vierundzwanzig Stunden klatschnaß.

Wer einmal lügt – lügt der möglicherweise auch zweimal? Lüge Nr. 1 könnte sein: Das Schwert haben die drei Fahnenflüchtigen an sich gebracht.
Lüge Nr. 2 könnte sein: Don Sebastián wurde

nicht auf der Flucht erschossen und ist nicht ins Meer gestürzt.
Wäre es nicht unserem Junior-Detektivteam ohne weiteres zuzutrauen, daß sie mit Ausdauer, Geschick und Glück beide auffinden – das Schwert und Don Sebastián ... Aber nun laßt es euch nicht voreilig gruseln – warten wir es ab.

Ein roter Sportwagen parkte direkt vor der Einfahrt zum Schrottplatz.
»Wieder mal naß geworden, wie?« rief Skinny Norris aus dem Auto.
»Immerhin trocken hinter den Ohren, im Gegensatz zu dir«, gab Peter zurück.
Skinny wurde rot. »Ich wollte euch nur einen guten Rat geben. Ich empfehle euch dringend, haltet euch von den Alvaros fern.«
»Soll das eine Drohung sein?« erkundigte sich Justus.
»Die Ranch bekommt dein Vater nie!« sagte Peter empört.
»Und wodurch gedenkt ihr ihn davon abzuhalten?« höhnte Skinny.
»Wir sind auf der Suche nach –« fing Peter an.
Wieder bekam er von Justus einen Fußtritt ab. »Uns wird schon was einfallen, Skinny.«
»Na, dann hoffentlich recht bald.« Skinny lachte widerwärtig. »Noch ehe eine Woche um ist, gehört die Ranch uns, und damit basta! Und für die Alvaros kommt das dicke Ende nach, also laßt lieber die Finger da raus, und steckt eure Nase nicht in die Angelegenheiten meines Vaters!«
Mit quietschenden Reifen brauste Skinny davon. Die drei ??? standen im Regen und schauten ihm voll Unbehagen nach. Skinnys Worte hatten erschreckend zuversichtlich geklungen.

Eine Hiobsbotschaft

Am Samstag stand Justus früh auf, trotz des Dauerregens. Aber bald wurde ihm klar, daß der geplante Besuch bei den Alvaros vertagt werden mußte. Bob und Peter mußten erst noch zu Hause helfen. Dann machte Justus einen großen Fehler. Weil es regnete, blieb er im Haus. Und da stürzte sich Tante Mathilda auf ihn und schickte ihn an die Arbeit.

»Bei dem bißchen Regen brauchst du ja hier nicht den Tag zu vertrödeln!« tat Tante Mathilda mit dröhnender Stimme kund.

Stöhnend und mit dem festen Vorsatz, sich nie wieder samstags im Haus erwischen zu lassen, und sollte draußen ein Hurrikan toben, verbrachte Justus den Vormittag beim Sortieren von Trödelkram in dem überdachten Teil des Lagerhofes. In der Mittagspause schlang der Erste Detektiv rasch sein Essen hinunter und verzog sich dann zur geheimen Zentrale der drei ???. Sie war in einem alten beschädigten Campinganhänger eingerichtet, der – längst vergessen – hinter hohen Stapeln von Gerümpel in einer Ecke des Schrottplatzes stand.

Bald darauf kamen auch Bob und Peter in der Zentrale an, und die drei Jungen liefen rasch wieder ins Freie zu ihren Fahrrädern. Es nieselte jetzt leicht. Mit Regenjacken fuhren sie die Landstraße entlang. Justus hatte eine Straßenkarte dabei, falls sie sich im Bergland verirren sollten. Sie kamen an der Ruine der Hacienda Alvaro vorüber und fanden ohne Mühe die kleine Avocado-Farm des Nachbarn Emiliano Paz.

Das Haus der Familie Paz war ein alter Fachwerkbau mit einer großen Scheune und zwei kleineren Häusern dahinter. Diego stand vor dem einen kleinen Haus im Regen und hackte Holz, als die Jungen angeradelt kamen.

»Ist Pico da?«

»Er ist im Haus«, sagte Diego. »Habt ihr schon was –«

Justus betrat als erster die enge Behausung. Es gab nur zwei Zimmer und eine winzige Küche. Pico hatte gerade im offenen

Kamin in der Wohnstube Feuer angezündet. Er stand auf, um die drei ??? zu begrüßen.
Justus berichtete Pico und Diego, was Professor Moriarty über die Schwerthülle gesagt hatte.
»Es handelt sich fast sicher um die Hülle des Cortez-Schwertes«, schloß Justus.
»Und Don Sebastián wurde doch nicht bei einem Fluchtversuch erschossen!« rief Peter.
»Immerhin«, berichtigte Bob die vorschnelle Äußerung seines Freundes, »besteht die Möglichkeit, daß es nicht so war.«
Justus zeigte den beiden Alvaros die Kopien des Militärschreibens an José Alvaro, die von Feldwebel Brewster verfaßte Meldung zum Tode von Don Sebastián und den Bericht über die Fahnenflucht der drei Soldaten – Feldwebel Brewster, Unteroffizier McPhee und Gefreiter Crane.
»Na und?« sagte Pico. »Was können diese Schriftstücke schon ausrichten? Wir erfahren, daß Don Sebastián erschossen wurde – etwas, das wir nicht einfach anzweifeln können. Und aus der Meldung des Feldwebels geht hervor, daß Don Sebastián sein Schwert bei sich hatte, als er ins Meer stürzte. Genauso berichtete es auch der Yankee-Kommandant damals den Angehörigen.«
»Finden Sie es nicht verdächtig«, fragte Justus, »daß die Männer, die über die Flucht und die Erschießung Ihres Ururgroßvaters berichteten, am nächsten Tag einhellig desertiert sind? Ein Fahnenflüchtiger wäre nicht weiter auffällig, meinetwegen auch zwei Männer, aber gleich alle drei?«
»Eben«, sagte Pico. »Dann ist es so, wie ich es mir immer gedacht habe. Das Schwert ist nicht im Meer verlorengegangen. Die drei Männer haben es gestohlen, ehe sie Don Sebastián erschossen haben. Dann machten sie Meldung, und dann sind sie desertiert und mit dem Schwert verschwunden!«
»Das ist möglich«, stimmte Justus zu. »Aber was ist dann mit der Hülle? Wer hat sie in dem Standbild versteckt? Es muß fast zwangsläufig Don Sebastián gewesen sein, und zwar um das Schwert vor den Amerikanern zu verstecken. Nur, daß er aus

irgendeinem Grund die Klinge mit der Scheide und die Hülle jeweils getrennt verwahrt hat.«

»Die Hülle hat möglicherweise jemand versteckt, der das Schwert zu Don Sebastián schmuggelte«, bemerkte Pico dazu.

»Das kommt mir an der Geschichte auch so verdächtig vor«, sagte Justus. »Wozu denn riskieren, daß ein kostbares Schwert praktisch in Feindeshand gerät? Wenn Don Sebastián eine Waffe brauchte, warum brachte man ihm dann nicht ein Gewehr? Mit einem juwelenbesetzten Prunkdegen konnte er ja doch nicht gut kämpfen.«

Pico zuckte die Achseln. »Ob Juwelen dran sind, wissen wir nicht sicher.«

»Also ich stelle mir den Hergang so vor«, sagte Justus. »Die Amerikaner hatten Don Sebastián verhaftet, um an das Cortez-Schwert zu kommen. Ja, Bob, ich weiß noch, was Professor Moriarty sagte«, unterbrach sich Justus, als Bob zum Widerspruch ansetzte. »Aber Frémonts Soldaten ging es vielleicht nicht nur darum, die einheimischen Rädelsführer in Schach zu halten, sondern sie waren sicher auch auf Beute aus. Die Männer, die nach Rocky Beach kamen, konnten sehr wohl vom legendären Schwert des Don Sebastián gehört haben. Nehmen wir mal an, Don Sebastián hatte das Schwert in dem Standbild versteckt. Als er aus der Gefangenschaft flüchtete, verfolgten ihn Feldwebel Brewster und seine beiden Untergebenen. Sie beschlossen, das Schwert in ihren Privatbesitz zu bringen, also dachten sie sich die Geschichte mit der Schießerei aus, um ihr Vorhaben zu decken. Dann desertierten sie und machten sich auf die Suche nach Don Sebastián und dem Schwert. Don Sebastián mußte befürchten, daß sie das Schwert finden könnten, also holte er es und brachte es in ein neues Versteck. Und die Hülle ließ er im Standbild – vielleicht um sie irrezuführen.«

»Und was geschah mit Don Sebastián?« fragte Pico.

»Das weiß ich nicht.« Hier mußte Justus passen.

»Du weißt im Grunde nicht viel, Justus«, sagte Pico mit einem Kopfschütteln. »Und alles, was du bisher vorgebracht hast, ist

reine Spekulation. Auch wenn du in dem einen Punkt recht hast und mein Ururgroßvater lebendig entkommen ist – wo hat er dann das Schwert versteckt, und wie willst du es finden?«
»Wie wär's mit dem Brief von Don Sebastián, Just?« warf Bob ein.
Justus nickte rasch und reichte Pico die Kopie des Briefes.
»Würden Sie bitte den Text übersetzen, Pico?« bat er, und Bob forderte er auf: »Du schreibst die Übersetzung mit, Kollege Rechercheur.«
»Rechercheur?« erkundigte sich Diego. »Klingt ja großartig.«
»Er ist in unserem Team für Recherchen und Archiv zuständig«, erklärte Justus. »Peter ist unser Zweiter Detektiv. Und ich bin der Erste!«
Pico hatte Don Sebastiáns Brief aufmerksam gelesen. »Diesen Brief kenne ich«, sagte er. »Mein Großvater hat sich ihn oft vorgenommen und darin nach einem Hinweis auf das verlorene Schwert gesucht, aber er hat nie etwas gefunden.«
Dann las er die Übersetzung laut vor: »Condor Castle, am 13. September 1846. Mein lieber José, ich hoffe, es geht Dir gut und Du tust Deine Pflicht für Dein Vaterland Mexiko. Die Yankees sind hier in unserer armen Stadt, und ich bin verhaftet worden. Den Grund will man mir nicht nennen, aber ich habe meine Vermutung. Ich bin im Hause Cabrillo am Meer gefangengesetzt, und ich darf keinen Besuch empfangen und mit niemandem reden. Unseren Angehörigen geht es gut, und alles übrige ist in Sicherheit. Bald, ich weiß es, werden wir uns als Sieger wiedersehen!«
Bob las nach, was er in sein Notizbuch geschrieben hatte.
»Das mit der Vermutung, weshalb er verhaftet wurde«, sagte er. »Glaubt ihr, er meinte vielleicht damit, daß die Amerikaner das Schwert an sich bringen wollten, wie Justus vermutet hat?«
»Und was soll das ›alles übrige ist in Sicherheit‹?« rief Peter. »Vielleicht wollte er José dadurch mitteilen, das Schwert sei in einem sicheren Versteck?«
»Laß mal sehen«, sagte Justus und griff nach Bobs Notizbuch.

»Vielleicht habt ihr beide recht. Ich blicke da noch nicht durch. Aber eins weiß ich sicher: Feldwebel Brewster hat in seiner Meldung nicht die Wahrheit gesagt!«

»Wie kannst du da sicher sein, Justus?« fragte Pico.

»Brewster berichtete in seiner Meldung zu der Flucht und der Schießerei, Don Sebastián sei mit einem Degen bewaffnet gewesen, den ihm wahrscheinlich ein Besucher zugesteckt habe! Aber Don Sebastián durfte keinen Besuch empfangen, also hätte er gar nicht heimlich eine Waffe an sich bringen können! Das hat Brewster erfunden, damit die Leute ihm seine Version der Schießerei abnahmen und glaubten, alles sei verlorengegangen. Ich bin überzeugt, dieser ganze Bericht ist reine Erfindung, um zu vertuschen, was er und seine Kumpane vorhatten!«

Pico sah sich den Brief nochmals aufmerksam an. »Ja, ich verstehe, aber trotzdem –«

Draußen im Regen gab es ein lautes dumpfes Gepolter, ein Krachen, und dann den Laut gegeneinander rollender Holzstämme. Schwere Schritte entfernten sich rasch.

»He, du da! Stehenbleiben!« rief jemand vor dem Haus.

Die drei ??? und die Alvaros liefen ins Freie. Sie sahen gerade noch links hinter der Scheune ein Pferd davongaloppieren. Ein kleiner weißhaariger Mann stand im Hof.

»Da hat einer an eurem Fenster gehorcht, Pico!« rief der alte Mann. »Ich kam gerade her, weil ich mit dir reden wollte, und ich habe ihn noch gesehen! Als er mich hörte, lief er los und stürzte über den Stapel Brennholz. Hinter die Scheune ist er gelaufen. Dort hatte er ein Pferd!«

»Haben Sie gesehen, wer es war?« rief Diego.

Der alte Mann schüttelte den Kopf. »Meine Augen sind nicht mehr das, was sie einmal waren, Diego. Ein Mann oder ein Junge – genau kann ich es nicht sagen.«

»Sie werden ja ganz naß, Don Emiliano«, sagte Pico, in Worten und Auftreten voller Respekt vor dem Alter. »Treten Sie ein, bitte.«

In dem kleinen Haus geleitete Pico den alten Mann zu einem

Stuhl am Feuer, und dann stellte er ihm die Jungen vor. Emiliano Paz lächelte ihnen zu.
»War er sehr lange da draußen, Sir?« fragte Justus.
»Das weiß ich nicht. Ich bin erst gerade drüben aus dem Haus gekommen.«
»Wer das wohl war, Just?« fragte Bob. »Warum sollte da jemand bei den Alvaros am Fenster horchen?«
»Ich weiß es nicht«, sagte Justus, »aber ich frage mich, ob er uns über das Cortez-Schwert reden hörte!«
»Und wäre das so schlimm, Just?« meinte Peter.
»Mr. Norris und seine Leute wären vermutlich nicht gerade begeistert, wenn wir ein kostbares Schwert finden würden«, sagte Justus ingrimmig. »Gestern abend interessierte sich Skinny ja sehr dafür, was wir hier tun.«
»Ich glaube, das fällt nicht so ins Gewicht, Justus«, sagte Pico. »Auch wenn deine Vermutungen zutreffen sollten, geben sie uns dennoch keinen Hinweis darauf, wo das Schwert sein könnte – oder ob es überhaupt noch existiert.«
»Ganz bestimmt wußte Don Sebastián, daß diese drei Soldaten hinter dem Schwert her waren, und deshalb versteckte er es«, erklärte Justus unbeirrt. »Und ich bin ganz sicher, daß er seinem Sohn einen Hinweis hätte zukommen lassen. Wenn nicht in diesem Brief, dann eben auf andere Weise. Aber in dem Brief sollte eigentlich ein Fingerzeig stecken. Don Sebastián war in Kriegsgefangenschaft und in Gefahr, und er mußte sich sagen, daß es seine einzige Chance war, José einzuweihen, wo er das Schwert finden konnte.«
Wieder sahen sich alle den Brief an. Pico und Diego lasen nochmals das Original durch, und die drei ??? nahmen sich die Übersetzung vor, die Bob niedergeschrieben hatte.
»Falls sich da drin ein Code verbirgt – ich merke jedenfalls nichts davon«, sagte Peter.
Pico schüttelte den Kopf. »Das ist ein ganz gewöhnlicher Brief, Justus. Ich sehe nichts, das im Spanischen ein verborgener Fingerzeig oder ein Code sein könnte.«

»Höchstens vielleicht diese Andeutung, daß alles in Sicherheit ist«, meinte Diego.
»Du, Just?« sagte da plötzlich Bob. »Diese Ortsangabe oben, über dem Datum – Condor Castle. Was ist das denn? Wissen Sie es, Pico?«
»Nein«, sagte Pico langsam und verwundert. »Wahrscheinlich ein Ort. Damals und auch noch heute schreiben ja die Leute oben hin oft den Ort, von wo ihr Brief kommt. Eine Stadt, eine Hacienda, ein Haus.«
»Ja«, sagte Bob, »aber Don Sebastián hat den Brief doch in einem Haus der Cabrillos geschrieben.«
»Und sein eigenes Haus war eure Hacienda«, setzte Justus hinzu. »Hat man die jemals Condor Castle genannt?«
»Nein«, sagte Pico. »Die heißt seit eh und je Hacienda Alvaro.«
»Wieso hat er dann ›Condor Castle‹ oben hingeschrieben?« rief Peter. »Wenn das nun ein bestimmter Ort war, der für José etwas Besonderes zu bedeuten hatte? Ein Schlüsselwort!«
Justus zog seine Straßenkarte der Umgebung hervor. Die anderen schauten ihm über die Schulter, während er sich darin vertiefte. Dann lehnte sich der Erste Detektiv mit einem Seufzer zurück.
»Kein Condor Castle hier«, sagte er enttäuscht, und dann blickte er auf. »Aber halt! Das ist doch eine neue Karte! 1846 hätte eine Landkarte doch –«
»Ich habe eine alte Karte«, sagte Emiliano Paz.
Der Mann verließ das Haus. Die anderen warteten gespannt auf seine Rückkehr. Endlich brachte der alte Mann eine vergilbte Landkarte an. Sie stammte aus dem Jahr 1844 und war halb Spanisch und halb Englisch beschriftet. Pico und Justus studierten sie sorgfältig.
»Nichts«, sagte Pico. »Condor Castle, das gibt es nicht.«
»Nein«, mußte auch Justus zugeben.
Pico sah niedergeschlagen und verärgert drein. »Das ist alles Unsinn, ich sagte es doch gleich! Unsere Ranch retten wir nicht mit Hirngespinsten! Nein, suchen wir lieber einen besseren –«

Emiliano Paz sagte beklommen: »Vielleicht gibt es keinen anderen Weg, Pico. Es tut mir leid, aber ich muß euch eine schlechte Nachricht bringen. Ihr seid weit im Rückstand mit der Abzahlung eures Hypothekendarlehens. Für mich ist das viel Geld, und ich muß bald einen eigenen Kredit ablösen. Ich habe euch alles Geld geliehen, das ich hatte, und jetzt, wo eure ganze Habe mit eurem Haus verbrannt ist, könnt ihr mir ja nichts mehr bezahlen. Aber ich brauche das Geld dringend, und Mr. Norris hat mir angeboten, eure Hypothek auf ihn zu übertragen. Ich bin hergekommen, um euch zu sagen, daß ich zu dieser Abtretung in allernächster Zeit gezwungen bin.«
Peter flüsterte: »Also das hat Skinny gestern abend gemeint!«
»Ich danke Ihnen für Ihr Kommen, Don Emiliano«, sagte Pico. »Was sein muß, muß sein. Sie müssen an Ihre eigene Familie denken.«
»Es tut mir leid. Werdet ihr mir die Ehre geben, weiterhin bei mir zu wohnen?«
»Natürlich, Don Emiliano«, sagte Pico. »Wir sind Freunde.«
Der alte Mann nickte und ging langsam aus dem kleinen Haus. Mit gesenktem Kopf überquerte er im Regen den schlammbedeckten Hof. Pico sah ihm kurz nach, und dann ging auch er hinaus. Bald hörten ihn die Jungen Holz hacken.
»Jetzt ist alles zu Ende«, sagte Diego völlig entmutigt.
»Nein, eben nicht!« widersprach Justus eigensinnig. »Wir finden das Schwert des Cortez und der Azteken, Diego!«
»Ganz bestimmt!« bekräftigte Bob.
»Klar finden wir das!« fiel auch Peter ein. »Wir ... wir ... Mann, Just, was machen wir jetzt nur?«
»Morgen fahnden wir überall nach alten Landkarten«, erklärte der selbstbewußte Anführer der drei ???. »Dieses Condor Castle *muß* ein geheimer Hinweis sein, und wir werden es finden. Wir werden uns jede alte Karte in Rocky Beach vornehmen, wenn es sein muß!«
»Und ich helfe mit!« rief Diego.
Mit neuer Zuversicht sahen sich die vier Jungen an.

Jede alte Karte in Rocky Beach will sich der Erste Detektiv vornehmen – zweifellos ist er wieder einmal auf dem besten Weg, Nägel mit Köpfen zu machen. Doch vielleicht hatte ein anderer schon lange, lange vor ihm diesen Einfall: auf eine alte Karte zurückgreifen. Wie alt müßte jene dann sein??

Die alte Landkarte

Am Sonntag ging der Regen morgens in leichtes Nieseln über. Diego borgte sich von der Familie Paz ein Fahrrad und einen Regenumhang und kam in die Stadt. Gegen Mittag traf er sich mit Justus vor dem Historischen Forschungsinstitut.
»Bob forscht in der Stadtbibliothek«, erklärte Justus. »Und Peter hat von seinem Vater eine Sondergenehmigung bekommen, damit er die Landkarten im staatlichen Vermessungsamt einsehen kann.«
»Wir werden dieses Condor Castle finden«, rief Diego. »Ganz bestimmt!«
Sie traten rasch ins Institut. An den Tischen in den ruhigen Sälen saßen schon Besucher beim Lesen und Studieren, und der Assistent hatte viel zu tun. Aber als er die Jungen in den Landkartensaal führte, sagte er: »Es war inzwischen noch jemand da, der die Alvaro-Schriftstücke sehen wollte. Ein großer magerer Junge. Er schien sich brennend dafür zu interessieren, welche Unterlagen du kopiert hattest, Justus. Gesagt habe ich es ihm natürlich nicht.«
»Skinny!« rief Justus, als er und Diego wieder unter sich waren. »Es setzt ihm ja sehr zu, was wir unternehmen.«
»Weil er weiß, was ihr bei euren anderen Fällen schon für

wertvolle Sachen gefunden habt«, sagte Diego. »Jetzt plagt ihn die Sorge, ihr könntet einen Schatz für uns finden.«
»Das hoffe ich ja gerade«, sagte Justus, »aber viel Zeit haben wir nicht.«
Im Landkartensaal waren die Jungen allein. Sie fanden fast fünfzig Karten aus der Zeit um 1846, teils vom ganzen Gebiet, teils nur von der näheren Umgebung von Rocky Beach. Doch Condor Castle fanden sie nicht.
»Hier ist eine Karte, wo nur die Alvaro-Ranch drauf ist«, sagte Justus.
»Sieh nur, wie groß die Ranch damals war«, stellte Diego trübsinnig fest.
»Hier ist aber auch kein Condor Castle!«
»Das wären dann alle Karten aus der Zeit von Don Sebastián.«
»Na gut«, meinte Justus, der einfach nicht aufgeben wollte, »dann schauen wir uns noch alle Karten von Rocky Beach an, egal ob neu –«
»– oder alt!« sagte Diego.
Aber es fanden sich nicht viele Neuausgaben, und nur noch ganz wenige Karten aus der Zeit vor 1840. Condor Castle war auf keiner von ihnen verzeichnet. Diego und Justus blieb nichts anderes übrig, als es dabei bewenden zu lassen und zur Zentrale auf dem Schrottplatz zurückzukehren.
»Vielleicht finden Bob oder Peter etwas«, sagte Justus hoffnungsvoll.
Er führte Diego durch den Hauptzugang in die Zentrale – eine weite Röhre, die unter einem riesigen Schrottberg hindurchführte und an einer Bodenluke im Fußboden des versteckten Campinganhängers endete.
»Das heißt bei uns Tunnel Zwei«, sagte der Erste Detektiv, als er und Diego durch die Röhre robbten. »Wir haben noch andere Eingänge, aber wir nehmen meistens den hier. Die übrigen sind eher für den Notfall.«
»Hoppla!« rief Diego, als er durch die Luke in den versteckten Anhänger hinaufstieg. Erstaunt sah er sich um – Schreibtisch,

Telefon, Schreibmaschine, Aktenschränke, elektronische Geräte, Dunkelkammer, Vogelkäfige, Gipsfiguren und eine Menge Werkzeug und Erinnerungsstücke, die sich bei der Arbeit der Jungen angesammelt hatten.
»Das ist phantastisch!«
»Ja, ich glaube, wir sind hier ganz gut ausgestattet«, sagte Justus ein wenig großspurig. »All das haben wir selber gebaut oder zusammengetragen!«
»Kein Wunder, daß ihr so elegant die schwierigsten Fälle löst!«
»Ganz so elegant geht es nicht immer«, sagte Justus nüchtern. »Die Suche nach Anhaltspunkten zum Cortez-Schwert gestaltet sich äußerst mühsam.«
»Bob oder Peter werden schon etwas finden«, meinte Diego zuversichtlich.
Während sie voller Ungeduld warteten, ging Diego in der geheimen Zentrale herum und untersuchte alles genau. Ins Freie konnte er nicht blicken, weil Schrott und Trödel unmittelbar vor dem winzigen Fenster rings um den Anhänger gestapelt waren. Justus saß mit zusammengezogenen Brauen da, und sein rundes Gesicht glich der nachdenklich dreinblickenden Porträtbüste von Alfred Hitchcock auf dem Aktenschrank hinter ihm. Dann wurde die Luke aufgeklappt, und Bob kam an.
»Nichts!« sagte der Sachverständige für Recherchen und Archiv, und er ließ sich mit nicht minder düsterem Blick wie Justus in einen Stuhl fallen. »Jedes einzelne Buch über die Gegend hier, das die Bücherei besitzt, habe ich mir angeschaut!«
Als auch Peter endlich in der Luke auftauchte, genügte den anderen ein Blick in sein Gesicht.
»Wenn Condor Castle irgend etwas zu bedeuten hat, Freunde«, sagte der Zweite Detektiv, »dann ist zu vermuten, daß das nur Don Sebastián und José bekannt war.«
»Wir kommen einfach nicht weiter, Just«, stellte Bob fest.
Diego war den Tränen nahe. »Nicht lockerlassen, Freunde! Wir –«
Da straffte sich Peter. »Pssst! Horcht mal!«

Erst war es ganz still in dem versteckten Anhänger. Dann hörten sie es alle – ein leises Klirren von Metall draußen auf dem Schrottplatz. Gleich darauf kam es auch aus einer anderen Richtung, und dann war noch ein Pochen zu hören.
»Pssst«, flüsterte Justus, den Finger an den Lippen.
Da war das Klirren noch einmal – wieder woanders her.
»Da draußen ist jemand und sucht im Schrott herum«, sagte Bob leise. »Jemand, der uns hier drin vermutet!«
»Ist euch beiden irgendwer nachgegangen?« fragte Justus leise.
»Mir jedenfalls nicht«, flüsterte Bob.
»Ich . . . ich weiß das nicht genau«, sagte Peter. »Ich hatte es so eilig, und da gab ich nicht darauf acht.«
»Keiner rührt sich, und kein Wort«, gebot Justus.
Das Rappeln und Pochen in den Schrottbergen, von denen der Anhänger umstellt war, dauerte noch ein paar Minuten an. Dann war es wieder ruhig.
»Schau mal hinaus, Bob«, flüsterte Justus.
Sein Kollege trat lautlos an den »Spion«, ein selbstgebasteltes Periskop, das durchs Dach geführt war. Von draußen sah es aus wie ein ganz gewöhnliches Stück Rohr, das aus einem Haufen Gerümpel herausragte. Bob spähte durch das Periskop.
»Da geht einer über den Schrottplatz weg«, meldete Bob. »Es ist der Gutsverwalter, Cody! Er sucht immer noch überall herum. Jetzt geht er hinaus auf die Straße. Er ist weg, Freunde.«
Bob drehte sich zu den anderen um. »Er muß einem von uns nachgegangen sein, um zu spionieren. Der Lauscher gestern bei Emiliano Paz war er womöglich auch, was, Just?«
»Möchte ich annehmen«, sagte Justus nachdenklich. »Skinny und dieser Cody scheinen ja großes Interesse an unseren Unternehmungen zu haben. Ich frage mich, ob sie dafür noch einen anderen Grund haben, außer daß sie Mr. Norris helfen wollen, die Alvaro-Ranch zu bekommen.«
»Vielleicht wissen sie etwas über das Schwert und wollen es für sich haben!« rief Diego.
»Das ist gut möglich, Diego.«

»Wenn sie etwas wissen, dann jedenfalls mehr als wir selber«, sagte Peter.
Justus nickte düster. »Ich war ganz sicher, wir würden auf so einer alten Karte finden können, was Condor Castle ist und wo es liegt.«
»Vielleicht brauchen wir eine alte indianische Karte und dazu einen alten Indianer, der sie uns erklärt.« Peter lachte.
»Sehr witzig, Kollege.« Bob stöhnte. »Aber Witze helfen uns nicht –«
»Peter!« rief da Justus. »Das ist *die* Sache!«
»Mann, Just, so schlecht war der Witz auch wieder nicht, daß du mich jetzt auf den Arm –«
»Nein«, sagte Justus, »ich meine es ernst! Das könnte die Lösung sein! Ich war ja wirklich blöd!«
»Was denn für eine Lösung, Just?« fragte Peter verdutzt.
»Eine richtig alte Landkarte! Wenn Don Sebastián eine Bezeichnung benutzt hätte, die 1846 jedermann auf einer Landkarte lesen konnte, dann hätten die Amerikaner das doch entdeckt! Er wußte, sie würden den Brief genau lesen – also wählte er einen Namen aus einer Karte, die schon damals, im Jahr 1846, so alt und selten war, daß nur er und José wissen konnten, worum es sich handelte! Ich hab' einfach nicht daran gedacht, im Institut nach wirklich alten Karten zu fragen – und sie sind ja auch zu wertvoll zum Auslegen im Kartensaal. Kommt mit, Freunde! Zurück ins Institut!«
Sie krochen hastig durch Tunnel II ins Freie und hielten am Ende der Röhre vorsichtig Ausschau, um nicht von Cody oder sonst jemandem beobachtet zu werden. Dann ging es zu den Fahrrädern, Justus voran.
Als die Jungen aus dem Schrottplatz radelten, tönte es laut über die Straße her: »JUSTUS!«
Tante Mathilda stand mit entrüsteter Miene im Vorplatz des Jonas'schen Wohnhauses.
»Wo warst du nur wieder, du Lümmel? Hast du vergessen, daß wir bei Großonkel Matthew zum Geburtstag eingeladen sind? In

einer Viertelstunde müssen wir weg! Komm herüber und zieh dir deinen guten Anzug an! Mit deinen Freunden kannst du ein andermal wieder losziehen.«
»Au verflixt!« stöhnte Justus. »Das hatte ich vergessen! Mein Großonkel feiert seinen achtzigsten Geburtstag«, erklärte er seinen Freunden. »Das gibt ein großes Fest, drüben am anderen Ende von Los Angeles. Ich kann mich da nicht einfach drücken, und bestimmt kommen wir erst ganz spät nach Hause. Also müßt ihr ohne mich los.«
»Justus!« Aus Tante Mathildas Stimme war eine unheilverkündende Warnung herauszuhören.
Betrübt winkte Justus den anderen zum Abschied und ging über die Straße.
»Und was jetzt?« fragte Peter.
»Zum Institut natürlich«, entgegnete Bob entschlossen. Und binnen einer Minute hatten die Jungen Justus auch schon vergessen, denn die große Frage »Condor Castle« hatte sie wieder in ihren Bann gezogen.
Als der Historiker sich die neueste Anfrage der Jungen angehört hatte, überlegte er kurz. »Eine ganz alte Landkarte von diesem Gebiet?« meinte er. »Ja, da haben wir eine in unserer Sammlung seltener Urkunden. Eine der allerersten, aus dem Jahr 1790. Sie ist so empfindlich, daß wir sie nur ausnahmsweise ans Licht holen und zeigen können!«
»Bitte, Sir«, bat Bob inständig. »Dürfen wir sie ansehen?«
Der Historiker zögerte, dann nickte er. Er führte die Jungen nach hinten und schloß eine Tür auf. Sie traten alle in einen fensterlosen Raum, wo Temperatur und Luftfeuchtigkeit konstant gehalten wurden. Alle Urkunden befanden sich in Glaskästen oder in Fächern hinter Glastüren. Der Historiker schlug im Katalog nach, schloß dann eine Schublade auf und holte einen langen, flachen Glaskasten heraus. Darin lag eine alte Landkarte, mit groben braunen Linien auf dickes vergilbtes Papier gezeichnet.
»Schaut sie euch durch die Scheibe an, bitte«, sagte der Mann.
Die Jungen beugten sich über die alte Karte von Rocky Beach.

»Da!« In großer Erregung zeigte Diego hin. »Da steht es, auf Spanisch: Condor Castle.«
»Dann gibt's das also tatsächlich!« Bob war begeistert.
»Und genau auf dem Alvaro-Gebiet, wenn diese krakelige Linie hier der Santa Inez Creek sein soll«, sagte Diego.
»Worauf warten wir noch?« rief Peter.
Die Jungen bedankten sich bei dem verblüfften Historiker und liefen zu ihren Fahrrädern hinaus.

Condor Castle

Es hatte aufgehört zu regnen, aber finsteres Gewölk zog noch immer tief über die Berge hin, als Peter, Bob und Diego über den Feldweg zur Alvaro-Ranch fuhren. Sie hielten auf den alten Staudamm zu, wo sie den Flächenbrand bekämpft hatten. Als der Weg zu dem ausgetrockneten Arroyo und dem langgestreckten Bergrücken vor dem Damm hin abbog, hielt Diego an.
»Wenn ich es auf der Karte richtig gesehen habe, ist Condor Castle der felsige Gipfel am Ausläufer dieses letzten Berges«, sagte der schlanke Junge. »Und der Santa Inez Creek liegt gleich drüben auf der anderen Seite.«
Sie versteckten ihre Fahrräder im Gebüsch am Wegrand und kämpften sich durch den dichten Chaparral zum Rand des tiefen trockenen Arroyo vor. Der Staudamm war links von ihnen, aber den Blicken entzogen, hinter dem niedrigen, mit Gestrüpp bewachsenen Hügel am Ende des Arroyo.
Die Jungen sahen über den Arroyo hin, zum Grat des hohen Bergzugs empor. Am linken Ende, kurz bevor der Steilhang zu dem niedrigen Hügel hin abfiel, ragte der hohe Felsgipfel auf.
»Das muß es sein!« sagte Diego. »Genauso war es auf der Karte eingezeichnet.«

»Wie heißt der Punkt heute?« fragte Peter, als sie in den mit Schlamm gefüllten Arroyo hinunterstiegen und von der gegenüberliegenden Böschung aus den Berghang erkletterten.
»Er hat keinen Namen, soviel ich weiß«, sagte Diego.
Der hohe Berg zog sich in zwei unterschiedlichen Teilen zu Tal: in den unteren zwei Dritteln war es ein sanfter Abhang mit losem Gestein und Gebüsch, das obere Drittel hingegen war steiler und fast nur blanker Fels ohne Bewuchs. Die Jungen keuchten, als sie das letzte Stück erklommen hatten und oben auf dem mächtigen Felsen standen, der den langen Bergrücken krönte.
»Condor Castle«, sagte Bob tief beeindruckt.
Von dem großen Felsen aus überschaute man das ganze Land bis auf den Norden, wo das Hochgebirge emporragte. Aber davor konnten die Jungen noch den Staudamm und hinter ihm den oberen Flußlauf sehen, rings umgeben von verkohltem Buschwerk.
»Das Wasser ist bis zur Dammkrone angestiegen.« Diego zeigte hin. »Und der Damm läßt schon ein wenig übertreten. Wenn es weiter so regnet, gibt das unten bald wieder einen richtigen Fluß.«
Bob wies hinunter zu dem niedrigen Hügel am Fuß des Berges. »Seht mal, wie dieser Hügel den Arroyo vom Santa Inez Creek und vom Staudamm abschneidet«, sagte er. »Wenn der Hügel nicht da wäre, hättet ihr hier einen zweiten Flußlauf.«

Merkt euch dieses »wenn« einmal vorsorglich – ich melde mich an geeigneter Stelle wieder.

Die Jungen drehten sich um und hielten nach der anderen Richtung Ausschau. Im Westen konnten sie die Straße und den tief eingeschnittenen Arroyo sehen, der nach Süden auf die fast eine Meile entfernte Ruine der Hacienda zulief. Ebenfalls südwärts breiteten sich die anderen Bergzüge fächerförmig aus. Weit dahinter konnten die Jungen Rocky Beach sehen und schließlich das Meer, ganz dunkel an diesem grauen Tag. Im Osten, jenseits des hohen Bergkammes, schlängelte sich der Santa Inez Creek nach Südosten hin. Ein dünnes Rinnsal Wasser floß jetzt darin. Am anderen Ufer breitete sich flaches Grasland aus, und in etwa einer Meile Entfernung konnten sie die Norris-Ranch mit dem Haus und den Koppeln sehen. Der Fahrweg durch die Norris-Ranch kam von Süden zum Damm herauf und verschwand dann im Norden im Gebirge.

»Ich frage mich, warum man diesen Platz Condor Castle nannte«, sagte Peter. »Kondore gibt's hier doch keine.«

»Sei froh«, sagte Bob spöttisch. »Sie sind mit den Aasgeiern verwandt.«

»Vielleicht«, meinte Diego, »kommt der Name von dem weiten Rundblick, den man hier hat – aus der Vogelschau!«

»Kann sein«, sagte Bob. »Aber der Name soll uns jetzt nicht kümmern. Wir sind hier auf der Suche nach dem Cortez-Schwert! Was meint ihr, wo könnte Don Sebastián es versteckt haben?«

»Hier oben muß es ein Versteck geben«, erwiderte Peter. »Irgendeine Mulde, eine Felsspalte, vielleicht sogar eine Höhle. Wir müssen eben suchen, Freunde!«

Sie suchten das ganze Felsplateau ab, aber bald merkten sie, daß es im Gestein keine einzige Vertiefung oder Spalte gab. Die Fläche war fast so eben wie eine Marmorplatte. Sie schritten sie Zoll für Zoll ab und tasteten an den steil abfallenden Seiten entlang, so weit sie hinunterreichen konnten. Der Fels war durch und durch massiv.

»Hier im Fels kann nichts versteckt sein!« sagte Peter. »Wir wollen es weiter unten versuchen, an den beiden Bergflanken.«

Bob nickte. »Also gut, Peter, dann nimmst du den Abhang zum Fluß, und Diego und ich nehmen den zum Arroyo.«

Die Jungen kletterten von der Hochfläche herunter und begannen aufs neue mit der Suche. Oberhalb des jetzt spärlich dahinrinnenden Wasserlaufs arbeitete sich Peter in immer weiter ausgreifenden Bogen hangabwärts. Er fand ein paar lose Felsbrokken, aber weder Spalten noch Mulden – keinen geeigneten Platz, wo sich ein Schwert sicher verstecken ließe.

Endlich gab Peter es auf und umrundete das Nordende des Bergrückens, um wieder zu den anderen zu stoßen. Bob und Diego waren mit der Suche auf ihrer Seite auch fast zu Ende.

»Hier gibt es einfach keine Höhlung oder Spalte, worin man etwas verstecken könnte, Peter«, sagte Bob enttäuscht.

Diego meinte: »Vielleicht das Schwert vergraben.«

»Hör bloß auf!« Peter stöhnte. »Dann müßten wir den ganzen Berg aufbuddeln. Das würden wir nie schaffen!«

»Ich glaube nicht, daß Don Sebastián es vergraben hat, Diego«, sagte Bob langsam. »Falls Justus mit seiner Vermutung recht hat – wenn also Don Sebastián die Flucht gelungen ist und er das Schwert irgendwo versteckt hat –, dann war die Zeit dazu doch sehr knapp. Versetzt euch mal in seine Lage. Er wußte, er war in Lebensgefahr und würde vielleicht nicht mehr zurückkommen können, um das Schwert selbst auszugraben. Er wußte, daß José vielleicht erst nach Jahren heimkehren würde, und er wußte, daß Feldwebel Brewster und seine Spießgesellen ihm sicherlich schon auf den Fersen waren. Wollte er das Schwert vergraben, so würde er die Stelle für José genau kennzeichnen müssen, sonst ließe sich das Schwert möglicherweise nie mehr auffinden. Aber wenn er die Stelle kennzeichnete, dann konnte eben auch Brewster das Zeichen sehen und sich denken, was damit gemeint war.« Bob schüttelte den Kopf. »Nein, ich bin sicher, Don Sebastián hätte das Schwert nicht vergraben. Er hätte es irgendwo in der Nähe von Condor Castle versteckt – an einem bestimmten Ort, auf den José zwangsläufig kommen mußte. An einem Ort, den er nicht erst noch umständlich vorbereiten mußte und den er nicht zu kennzeichnen brauchte.«

»Aber«, sagte Peter mit einem langen Blick in die Runde, »wo könnte das sein?«

»Na, jetzt steht es für uns eigentlich fest, daß das Schwert nicht da oben auf dem Berg bei Condor Castle ist«, sagte Bob. »Also nehmen wir den Felsen nur als Merkzeichen, als Hinweis auf die nähere Umgebung. Es muß hier in der Nähe einen Platz geben, den Don Sebastián und José oft aufsuchten. Diego, gibt es hier irgendwo –«

»Vielleicht der Staudamm?« meinte Diego. »Der war damals schon gebaut.«

»Der Staudamm?« sagte Bob. »Ja, warum nicht?«

Diego führte die anderen quer über die Flanke des Berges und über den niedrigen Hügel unten. Dieser Hügel stieg zur linken Ecke des Dammes hin an. Wasser lief als schmales Rinnsal über das Schleusentor in der Mitte der Staumauer und stürzte zum Flußbett unten zehn Meter tief ab. Die Jungen liefen den Hügel hinunter und ließen sich ins Flußbett abrutschen, ohne sich groß um nasse Füße zu bekümmern. Sie untersuchten die ganze Front des Staudammes, so hoch sie hinaufreichen konnten. Die Mauer war aus Hunderten, vielleicht Tausenden kleiner Felsblöcke zusammengesetzt und mit einer Art Kalkmörtel verfugt. Doch nirgends gab es loses Gestein, Löcher oder Spalten.

»Eisenhart das alles«, sagte Peter.

»Unsere Familie ließ den Damm von einheimischen Indianern bauen, vor fast zweihundert Jahren«, sagte Diego.

»Na, die haben also keine Ritze offen gelassen, worin sich ein Schwert verstecken ließe«, sagte Bob, »wenigstens nicht hier am unteren Teil. Falls weiter oben Spalten sein sollten, würde man eine Leiter brauchen, um hinzukommen, und eine Leiter hatte Don Sebastián sicher nicht. Aber wir wollen es von oben versuchen.«

Sie stiegen den Hügel wieder hinauf, wobei sie dauernd einsanken, weil das Erdreich vom Regen aufgeweicht war, und erkletterten die Krone der Staumauer. Sie war oben etwa zwei Meter breit und ebenfalls aus aneinandergefügten Steinen gemauert. Aber hier gab es Löcher und Ritzen, und die Jungen teilten sich, um die Fläche systematisch abzusuchen. Eine halbe Stunde später gaben sie es allerdings auf.

»Wenn das Schwert im Staudamm steckt«, sagte Peter verbissen, »dann werden wir ihn einreißen müssen, um es zu finden.«
»Don Sebastián hatte ja nicht die Zeit, ein Versteck sorgfältig herzurichten«, hielt ihm Bob entgegen. »Wir können wohl annehmen, daß das Schwert nicht in der Mauer ist, und das heißt, wir sind erst mal am Ende. Jetzt sollten wir einen ganz neuen Fingerzeig haben.«
»Und woher nehmen?« fragte Peter. »Wir haben die ganzen Militärpapiere durchstöbert, und Don Sebastián hat in der fraglichen Zeit nur diesen einen Brief geschrieben.«
»Er war ein angesehener Mann, und er muß hier in der Umgebung viele Freunde gehabt haben«, sagte Bob. »Vielleicht kam ihm jemand zu Hilfe, oder vielleicht haben ihn an dem betreffenden Tag irgendwelche Leute gesehen. Wir müssen Näheres darüber herausfinden, was er getan hat, und vielleicht sogar, was er mit anderen gesprochen hat.«
»Schwierig«, sagte Diego skeptisch. »Das ist doch alles so lange her, Bob.«
»Ja, aber in diesen Tagen, ohne Telefon, schrieben die Leute mehr Briefe, und darin stand mehr Wichtiges«, wandte Bob ein. »Und viele Menschen führten Tagebuch und machten sich private Aufzeichnungen über Zeitereignisse. Vielleicht hat es hier damals sogar eine Zeitung gegeben. Ich wette, wir können etwas Ergiebiges finden, wenn wir noch mal –«
»Ich ahne Schlimmes«, stöhnte Peter. »Wieder hin zum Institut! Mann, was kann Detektivarbeit doch eintönig sein!«
Bob lachte. »Na, die meisten dieser alten Aufzeichnungen sind bestimmt spanisch abgefaßt, also mußt du sie schon nicht lesen, Peter! Aber wir können auch bis morgen warten, wenn Justus mitkommen kann. Außerdem habe ich dieses Wochenende noch keine Schulaufgaben gemacht.«
Wieder stöhnte Peter. Die Aufgaben hatte auch er vergessen.
Die Jungen gingen über die Dammkrone zur Straße vor, um ihre Räder zu holen. Gerade als sie von der Mauer herunterschritten, blieb Peter stehen und horchte gespannt.

»Du, Diego«, sagte der große Junge mit bangem Blick nach rechts, »hat jemand auf eurer Ranch vier große schwarze Hunde?«
»Hunde?« fragte Diego zurück. »Nein, ich –«
»Peter, ich seh' sie auch«, sagte Bob voll Unbehagen.
Die vier großen schwarzen Hunde waren ziemlich weit entfernt, oberhalb des Staubeckens und jenseits des abgebrannten Geländes auf Alvaro-Gebiet am Flußufer. Aber sie liefen aufgeregt vor einer Baumgruppe auf und ab. Ihre roten Zungen hingen heraus, und ihre Augen funkelten wild.
»Mann«, sagte Bob beklommen, »die sehen aber unfreundlich aus!«
Von irgendwoher kam ein schriller Pfiff. Peter fuhr herum und zeigte zum Staudamm hin.
»Da gibt einer ein Signal! Los, da hinüber zu den Bäumen! Über die Mauer!«
Aus der Ferne kamen die vier Hunde mit gefletschten Zähnen und triefenden Lefzen auf den Staudamm zugelaufen! Die Jungen rannten schleunigst wieder über die Mauerkrone und über den felsigen Boden zu einer Gruppe alter Eichen, etwa fünfzig Meter entfernt.
»Es ist . . . zu . . . weit!« keuchte Bob.
»Das . . . das . . . schaffen wir . . . nie!« stieß Diego hervor.
»Schneller, Freunde!« feuerte Peter die anderen an.
»Peter!« schrie Diego beim Zurückschauen. »Die sind ja ins Wasser gesprungen!«
Bei der wilden Jagd auf ihre Beute waren die vier Hunde blindlings in das kleine Staubecken gesprungen, statt es auf dem schnelleren Weg quer über den Damm zu umgehen! Sie paddelten kräftig los, und bald waren sie wieder auf dem Trockenen und setzten hinter den flüchtenden Jungen her. Aber die Verzögerung hatte gerade ausgereicht! Die drei Jungen erreichten die verkrüppelten Eichen und erkletterten sie flink. Dann saßen sie auf den dicken Ästen und schauten zu, wie die vier knurrenden Hunde unten immer wieder an den Stämmen hochsprangen.
Ja, da saßen sie in der Falle!

Der Sheriff waltet seines Amtes

Wieder ertönte der schrille Pfiff. Die Hunde ließen das Knurren und Hochspringen sein und legten sich unter den Bäumen hin.
»Da!« sagte Bob. »Skinny und der Gutsverwalter, Cody!«
Der hagere Rivale der drei ??? und der vierschrötige Cowboy kamen über die Staumauer angetrabt. Skinny grinste breit vor diebischem Vergnügen beim Anblick der Jungen hoch oben in den Bäumen. Als die beiden näher kamen, rief Cody die Hunde energisch zurück. Sie legten sich ihm zu Füßen, angespannt und zitternd, und er starrte zu den Jungen hinauf. Seine kleinen Augen funkelten, und er verzog das Gesicht zu einem bösen Lächeln.
»Da hätten wir also ein paar Grenzgänger erwischt, was? Diese Bäume stehen nämlich zufällig auf Norris-Gebiet!«
»Ihre Hunde haben uns hierher gejagt, das wissen Sie doch ganz genau!« wehrte sich Diego.
»Was haben Sie mit Ihren Hunden überhaupt auf dem Land der Alvaros verloren?« rief Peter hitzig.
Cody lachte. »Das beweise uns erst mal, Junge!«
»Ich seh' nur eins«, tat Skinny unschuldig, »drei Störenfriede in den Bäumen – auf dem Land meines Vaters.«
»Wir haben es schon dem Sheriff gemeldet«, sagte Cody höhnisch. »Immer wieder treiben sich Unbefugte auf unserem Land herum.« Er blickte kurz zu dem Fahrweg am Norris-Ufer des Santa Inez Creek hin. Dort kam ein Polizeiauto angefahren. »Ich denke, jetzt wird er uns endlich glauben.«
Der Wagen hielt an, und der Sheriff stieg mit seinem Hilfspolizisten aus. Beide kamen zu Skinny und Cody herüber.
»Was ist hier los?« erkundigte sich der Sheriff.
»Wir haben da oben ein paar Grenzgänger in der Falle, Sheriff«, sagte Cody. »Den kleinen Alvaro und zwei andere Bengel. Ich sagte Ihnen ja schon, die Alvaros und ihre Freunde tun gerade so, als gehörte ihnen noch immer die ganze Gegend hier! Lassen

die Pferde auf unserem Land weiden, machen uns die Koppelzäune kaputt, zünden einfach Feuer im Gelände an. Sie wissen ja, was für schlimme Folgen ein Feuer hier draußen jetzt haben kann.«

Der Sheriff sah zu den Jungen hinauf. »So, ihr Burschen, nun kommt mal herunter. Cody, halten Sie die Hunde zurück.«

Die Jungen kletterten herab, während Cody die knurrenden Hunde in Schach hielt. Der Sheriff sah sich Peter und Bob genau an. »Euch beide kenne ich doch, oder nicht? Peter Shaw und Bob Andrews – von den drei Detektiven! Nach dem, was ich von Kommissar Reynolds über euch gehört habe, solltet ihr euch eigentlich vernünftiger benehmen. Man treibt sich nicht aus Jux auf fremdem Gelände herum!«

»Wir waren aber nicht auf fremdem Gebiet«, sagte Bob ganz ruhig. »Wir waren auf Alvaro-Land, aber dann haben uns die Hunde hierher gejagt.«

»Ach nein!« feixte Skinny. »Die lügen wie gedruckt, Sheriff!«

»Der Lügner bist du, Skinny Norris!« fuhr Peter auf.

»Sheriff«, wandte Bob ein, »wenn wir auf Mr. Norris' Land gewesen wären, als die Hunde uns jagten, wie kommt es dann, daß die Hunde triefnaß sind? Zur Zeit regnet es ja nicht.«

»Naß?« Der Sheriff sah sich die Hunde an.

»Eben«, sagte Bob mit Nachdruck. »Sie sind nämlich durch das Staubecken geschwommen und hinter uns hergelaufen, und das Becken und der ganze obere Fluß vor dem Damm sind bekanntlich auf Alvaro-Land!«

Cody wurde zornrot und warf sich mächtig in die Brust. »Glauben Sie etwa, was diese Lümmel Ihnen auftischen, Sheriff? Die Hunde – die haben sich vorher naß gemacht.«

»Na ja . . .« Der Sheriff blickte Cody scharf an. »Mit den nassen Hunden hier wirkt Ihre Geschichte nicht so sehr überzeugend, Cody. Hoffentlich hat das mehr Gewicht, was Sie mir als Beweis vorführen wollten.«

»Verlassen Sie sich darauf«, knurrte Cody. »Kommen Sie nur mit, ich habe es bei mir im Wagen, unten am Weg.«

»Was denn für einen Beweis?« fragte Bob, als Cody und der Sheriff den Weg entlanggingen.
»Das möchtest du wohl gern wissen?« Skinny grinste.
Die Jungen und Skinny warfen sich böse Blicke zu, als sie unter den Eichen auf den Sheriff warteten. Als er etwa eine Viertelstunde später allein zurückkam, trug er eine große braune Papiertüte. Ungehalten wandte er sich an Diego, Bob und Peter.
»Also gut, ihr könnt jetzt gehen. Wer hier die Wahrheit sagt, weiß ich nicht, aber ich habe vorsorglich Cody verwarnt, damit er seine Hunde auf seinem eigenen Land hält, und jetzt muß ich auch euch warnen: geht nicht noch mal auf fremdes Gebiet.«
Diego und Peter öffneten den Mund zum Widerspruch, aber Bob kam ihnen zuvor. »Ja, Sir, wir merken uns das.« Dann setzte er hinzu: »Dürfen wir erfahren, was Sie da in der Tüte haben, Sir?«
»Das geht dich gar nichts an, Bob Andrews«, gab der Sheriff barsch zurück. »Und jetzt ab mit euch!«
Widerstrebend gingen die drei Jungen weg. Sie machten vorsichtshalber einen weiten Bogen um die Hunde und liefen über die Staumauer zu ihren Fahrrädern am Weg drüben zurück. Als sie den Feldweg auf dem Alvaro-Land zur eine Meile entfernten Ruine der Hacienda entlangfuhren, fing es wieder stark zu regnen an.
Vor der Ruine angekommen, sahen sie Pico. Langsam schritt er in den ausgebrannten Räumen seines Hauses herum, als suche er etwas, das die Flammen verschont hatten. »Haben Sie etwas gefunden?« rief Peter, als die Jungen bei ihm anlangten.
Pico sah auf, verdutzt und dann verlegen. »Ich suche das Cortez-Schwert«, gestand er. »Ich dachte mir, wenn Don Sebastián es versteckt hat, dann hatte er es vielleicht hier auf der Hacienda versteckt. Und jetzt, wo das Haus abgebrannt ist, könnte es doch auftauchen. Metall verbrennt ja in einem Holzhaus nicht, also müßte sich das Schwert leicht finden lassen. Aber«, und er schaute sich zwischen den Gerippen der noch stehengebliebenen Wände um, »hier gibt es nirgends ein Schwert.« Verärgert stieß er mit dem Fuß gegen ein paar Dachziegel auf dem Boden.

»Aber Condor Castle gibt es, Pico!« rief Diego. »Wenigstens das haben wir gefunden!«
Die Jungen berichteten rasch, wie sie die alte Landkarte gefunden und darauf Condor Castle entdeckt hatten und wie sie das Felsmassiv beim Staudamm abgesucht hatten. Picos dunkle Augen leuchteten kurz auf, doch dann verdüsterte sich sein Blick wieder, als die Jungen eingestehen mußten, daß sie bei der Suche nach einem Versteck bei dem großen Felsplateau auf dem Bergrücken gescheitert waren.
»Was nützt es euch, daß ihr jetzt wißt, wo Condor Castle liegt? Gefunden habt ihr nichts! Ihr seid überhaupt nicht weitergekommen.«
»Nein, das ist nicht wahr«, erklärte Bob. »Wir haben etwas ganz Wichtiges entdeckt, fast so wichtig wie das Schwert selbst.«
»Was denn, Bob?« fragte Pico.
»Daß Don Sebastián tatsächlich vorhatte, das Schwert für seinen Sohn José zu verstecken!« sagte Bob. »Condor Castle war ja nur auf der allerältesten Karte verzeichnet. Es hatte nichts damit zu tun, wo Don Sebastián sich aufhielt oder wo er zu Hause war, also gab es keinen Grund dafür, daß er es in dem Brief erwähnte – es sei denn als ausdrücklichen Hinweis. Als Hinweis für José, wo er zu suchen hatte, und der einzige Gegenstand, der all die Mühe wert war, ist das Schwert des Cortez!«
»Mag sein«, gab Pico zu, »aber trotzdem –«
Ehe Pico fortfahren konnte, kamen zwei Autos den Weg zur Alvaro-Ranch herauf und bogen in den Hof ein. Das erste war der Geländewagen der Norris-Ranch, das zweite der Dienstwagen des Sheriffs. Cody und Skinny Norris sprangen aus dem Geländewagen.
»Da ist er!« rief Cody.
»Daß er bloß nicht abhaut!« rief Skinny.
Der Sheriff stieg aus seinem Wagen. »Ich sagte euch beiden doch, laßt mich das machen. Er wird nicht weglaufen.«
Der Sheriff trug noch immer die große Papiertüte, wie sie die Jungen schon bei ihm gesehen hatten. Langsam ging er auf Pico zu.

»Pico, ich muß Sie fragen, wo Sie an dem Tag waren, als hier der Flächenbrand ausbrach.«
»Wo ich war?« Pico zog die Brauen zusammen. »Ich war beim Feuer, das wissen Sie doch. Und vorher war ich mit Diego bei der Schule in Rocky Beach.«
»Ja, dort hat man Sie gesehen. Das war gegen drei Uhr nachmittags. Und wo waren Sie vorher?«
»Vorher? Auf der Ranch. Was soll das denn, Sheriff?«
»Wir wissen inzwischen, wie der Brand entstanden ist. Jemand hatte auf dem Hinterland der Norris-Ranch Feuer gemacht, und zwar lange vor drei Uhr. Zu dieser Jahreszeit ist das verboten, und außerdem wurde das Feuer nicht sachgemäß gelöscht. Im übrigen war der Koppelzaun zum Norris-Gelände beschädigt –«
Cody fiel unwirsch ein: »Und Spuren von euren Pferden haben wir auch gefunden!«
»Sie mußten los und sie einfangen, und dann haben Sie das Feuer angezündet!« schrie Skinny.
Picos Stimme war kalt. »Wenn euer Zaun kaputt ist und unsere Pferde sich auf euer Land verlaufen, dann müssen wir sie ja holen. So ist es üblich unter guten Nachbarn. Aber wir und unsere Freunde zünden kein verbotenes Feuer an!«
Der Sheriff griff in die Tüte und holte einen flachen schwarzen Sombrero mit silbernen *conchos* heraus.
»Ist Ihnen dieser Hut bekannt, Pico?« fragte der Sheriff.
»Natürlich«, sagte Pico. »Das ist meiner. Ich hatte schon geglaubt, er sei mit verbrannt. Es freut mich, daß Sie –«
»Wäre Ihnen wohl gerade recht gekommen, wenn er verbrannt wäre, wie?« knurrte Cody.
»Ich habe mich klar ausgedrückt, wie immer, Mr. Cody. Verstanden?« Picos Augen sprühten vor Zorn, wie er dem vierschrötigen Gutsverwalter gegenüberstand.
»Hören Sie, Pico«, sagte der Sheriff. »Wann haben Sie den Hut verloren?«
»Wann?« Pico überlegte kurz. »Beim Brand, nehme ich an. Ich –«
»Nein«, unterbrach ihn der Sheriff. »Beim Brand hatten Sie

keinen Hut auf. Ich kann mich genau entsinnen. Und die Feuerwehrleute, die ich fragte, sagen das auch.«
»Dann«, sagte Pico, »weiß ich auch nicht, wo ich ihn verloren habe.«
»Pico, dieser Hut hier wurde an der Feuerstelle im Gelände gefunden, von wo sich der Flächenbrand ausgebreitet hat!«
»Und warum ist er dann nicht verbrannt?«
»Das Feuer hat sich vom Brandherd zunächst in einer Richtung ausgebreitet. Der Hut lag auf unverbranntem Boden in der Nähe.«
Kurze Zeit war es ganz still. Der Sheriff holte schwer Atem. »Ich muß Sie verhaften, Pico.«
Diego schrie erschrocken auf, aber Pico beruhigte den Jungen. Er nickte dem Sheriff zu.
»Walten Sie Ihres Amtes, Sheriff«, sagte Pico gelassen und ging mit zum Polizeiauto. »Sag gleich Don Emiliano Bescheid!« rief er zu Diego zurück.
Der Sheriff wandte sich an Cody und Skinny. »Ihr beide müßt auch mitkommen und als Zeugen aussagen.«
»Darauf können Sie sich verlassen«, sagte Cody hämisch.
»Wird uns ein Vergnügen sein«, setzte Skinny hinzu. – Frech lachte er den Jungen zu, als er Cody zum Geländewagen folgte.
Entgeistert sahen Bob, Peter und Diego den davonfahrenden beiden Wagen nach. Diego standen die Tränen in den Augen, als er sich an die Freunde wandte.
»Ausgeschlossen, daß mein Bruder das Feuer verursacht hat!« rief er.
»Bestimmt nicht«, sagte Bob. »Irgendwas sagt mir, daß an der Geschichte des Sheriffs einiges nicht stimmt, aber ich komme nicht dahinter, was es ist. Und ich bin auch ganz sicher, daß ich den Hut schon mal gesehen habe. Aber wann und wo? Schade, daß ausgerechnet jetzt Justus nicht dabei war!«
Der schlanke Junge seufzte bedrückt. »Tja, jetzt haben wir zwei Probleme zu lösen, Freunde. Wir müssen das Cortez-Schwert finden, und wir müssen Pico wieder frei bekommen!«

Picos schöner Sombrero als Corpus delicti – peinlich und verdächtig zugleich. Wann und wo habt denn ihr den Hut zuletzt vor euch gesehen, hier im Buch?

Nur nicht aufgeben!

Diego fuhr weiter zu Emiliano Paz, und Bob und Peter machten sich schleunigst auf den Heimweg nach Rocky Beach. Im Laufe des Tages versuchten sie immer wieder Justus anzurufen, aber im Hause Jonas nahm niemand das Telefon ab. Wie Justus prophezeit hatte, wurde es bei der Geburtstagsfeier seines Großonkels reichlich spät. Schließlich gaben Bob und Peter es auf und gingen zu Bett.

Als Bob am nächsten Morgen zum Frühstück herunterkam, sah sein Vater von der Morgenzeitung auf.

»Ich lese gerade, daß dein Freund Pico Alvaro unter dem Verdacht, einen Flächenbrand verursacht zu haben, festgenommen wurde«, sagte Mr. Andrews. »Das ist eine schwerwiegende Anklage, Bob, und es überrascht mich. Alvaro ist ein erfahrener Landwirt. Ein solcher Fehler dürfte ihm nicht passieren.«

»Es war ja auch gar nicht so, Papa! Wir sind ganz sicher, daß der Fehler beim Sheriff liegt oder daß jemand Pico die Sache in die Schuhe schieben will. Den Beweis dafür wollen wir erbringen!«

»Na, dann hoffen wir das Beste, mein Junge«, sagte Mr. Andrews.

Bob schlang hastig sein Frühstück hinunter und rief dann Justus an, um ihm über das Vorgefallene zu berichten. Justus nahm die Nachricht über Pico recht ungnädig auf.

»Freilich hat Pico das Feuer nicht verursacht, und das solltest du eigentlich wissen! Den Sheriff hättest du wirklich von der Verhaftung abhalten können, Bob. Wo hattest du nur deine Gedan-

ken? Wir haben doch alle Picos Hut gesehen.« Es verdroß Justus gewaltig, daß ihm die ganze spannende Sache entgangen war.
»Danke bestens«, erwiderte Bob beleidigt. »Ich hab' nun mal kein fotografisches Gedächtnis wie du. Also wann hast du den Hut gesehen?«
»Tja, das erzähle ich dir in der Schule«, sagte Justus boshaft.
»Na wunderbar«, sagte Bob und warf den Hörer auf die Gabel, jetzt ebenso verstimmt wie Justus.
Aber in der Schule waren die drei ??? den ganzen Tag voll beschäftigt und konnten überhaupt nicht miteinander reden. Immerhin besserte sich die Stimmungslage bei Bob und Justus, und am Ende der Schulstunden waren sie wieder gute Freunde. Mit dem Unterricht war heute früher Schluß, und daher hatten die Jungen fast noch den ganzen Nachmittag für weitere Ermittlungen zur Verfügung.
»Hat einer von euch heute Diego gesehen?« erkundigte sich Justus, als die Jungen – wieder einmal im Regen – zum Schrottplatz radelten.
»Ich hab' nach ihm Ausschau gehalten, aber gesehen habe ich ihn nicht«, sagte Peter. »Ich glaube kaum, daß er es heute geschafft hat mit der Schule.«
Nein, Diego hatte es nicht geschafft. Er hatte zusammen mit Emiliano Paz den ganzen Tag über versucht, einen Anwalt für Pico aufzutreiben. Als die drei ??? auf dem Schrottplatz ankamen, wartete der schlanke Junge vor der Zentrale. Schon während sie hintereinander in den versteckten Anhänger schlüpften, berichtete Diego den drei ??? über den Verlauf der Ereignisse.
»Einen privaten Anwalt können wir nicht bezahlen, und deshalb gibt uns der öffentliche Verteidiger Rechtsbeistand«, sagte Diego. »Allerdings meint er, es sehe für Pico nicht gut aus.«
»Aber wir wissen, daß er es nicht getan hat, Diego«, sagte Bob.
»Nur müßten wir das auch beweisen!« sagte Diego mit Tränen in den Augen. »Und wie können wir uns jetzt unser Land erhalten? Pico sitzt im Gefängnis und kann gar nichts unternehmen. Wir haben ja nicht mal das Geld für eine Kaution!«

»Was ist denn eine Kaution?« fragte Peter.
»Das ist eine Geldsumme, die man bei Gericht als Garantie dafür hinterlegt, daß man zur Verhandlung erscheinen wird, und dann wird man auf freien Fuß gesetzt«, sagte Justus. »Wenn man eine Kaution stellen kann, muß man nicht in Untersuchungshaft bleiben, bis Zeugenvernehmungen stattfinden oder das Gerichtsverfahren beginnt.«
»Für Pico hat der Richter fünftausend Dollar Kaution gefordert«, sagte Diego.
»Fünftausend Dollar!« rief Peter. »Wer hat schon so viel Geld auf der Hand?«
»Man muß das Geld nicht in voller Höhe bar hinterlegen«, erklärte Justus. »Nur etwa zehn Prozent. Für den Rest kann man sein Eigentum verpfänden – zum Beispiel ein Haus. Wenn man dann bei einer Vorladung nicht vor Gericht erscheint, kassiert das Gericht das Geld und zieht den Besitz ein. Wenn man aber kommt, erhält man die Kaution zurück. Die meisten folgen der Vorladung, sie wollen sich nicht noch größere Schwierigkeiten einhandeln.«
Diego nickte. »Pico würde sicher kommen. Sein Stolz würde es ihm verbieten wegzulaufen. Aber wir haben eben nicht die Mittel – weder die fünfhundert Dollar in bar, die der Richter fordert, noch genügend pfändbaren Besitz für den Rest der Kaution.«
»Wie steht es mit eurer Ranch?« fragte Peter.
»Die ist ja mit der Hypothek von Don Emiliano belastet, also können wir sie dem Gericht nicht als Sicherheit übereignen. Wir versuchen zur Zeit, das Geld für die Kaution bei Freunden zu leihen. Aber vorläufig muß Pico im Gefängnis bleiben!«
»Ich könnte mir vorstellen«, sagte Justus aufgebracht, »das hat jemand einkalkuliert. Ich glaube nicht daran, daß das Ganze ein Zufall ist. Der Hut wurde irgendwie gestohlen und am Brandherd mit Absicht hingelegt.«
»Aber wie sollen wir das beweisen, Justus?« meinte Diego ganz entmutigt.

»Wir wissen ja nicht mal, wann Pico seinen Hut zuletzt gehabt hat«, ergänzte Bob.
»Eines wissen wir immerhin, Freunde«, stellte Justus fest, »Pico hatte seinen Hut noch gegen drei Uhr am vorigen Donnerstag nachmittag, also an dem Tag, als das Feuer ausbrach. Könnt ihr euch denn nicht erinnern? Er hatte ihn auf dem Kopf, als wir vor der Schule zusammentrafen!«
»Ach ja, natürlich!« rief Bob und schlug sich an die Stirn.
»Und das bedeutet: Pico hätte den Hut gar nicht am Feuer liegen lassen können! Vor drei Uhr hatte er den Hut bei sich. Nach drei Uhr war er mit uns zusammen, und später half er bei der Brandbekämpfung. Wenn der Sheriff mit Sicherheit weiß, daß Pico beim Feuer seinen Hut nicht hatte, dann ging der Hut eben verloren oder wurde gestohlen, und zwar irgendwann zwischen unserem Weggang von der Schule und unserem Eintreffen beim Feuer!«
»Du, Just –« sagte Bob langsam. »Wenn nun Pico seinen Hut verloren hat, während wir zum Brandort unterwegs waren? Er saß ja hinten auf der Pritsche. Könnte der Wind den Hut fortgetragen und zum Feuer geweht haben?«
»Picos Hut konnte nicht fortgeweht werden«, sagte Diego entschieden. »Er hat eine Kordel zum Festbinden unterm Kinn. Pico bindet ihn immer fest um, wenn er irgendwohin fährt.«
»Und außerdem war es an diesem Tag gar nicht windig«, setzte Peter hinzu. »Deshalb konnte sich das Feuer ja auch nicht so schlimm ausbreiten.«
»Jedenfalls«, sagte Justus, »brach das Feuer unbestreitbar aus, ehe wir bei der Ranch ankamen. Wäre der Hut also vom Lastwagen aus davongeweht worden, so würde das gar keine Rolle spielen. Es würde nur bedeuten, daß der Hut an den Brandort gelangte, nachdem das Feuer schon in Gang gekommen war.«
»Aber schlecht ist es«, fuhr Bob niedergeschlagen fort, »daß wir das nicht klar beweisen können, oder? *Wir* wissen zwar, daß Pico um drei Uhr den Hut noch hatte, aber damit steht nur unsere Aussage gegen die von Cody und Skinny!«

»Na, unser Wort gilt doch auch etwas«, sagte Justus gereizt. »Aber recht hast du schon. Wir haben keinen schlüssigen Beweis. Also müssen wir einen finden! Wir müssen genau herausfinden, was mit dem Hut geschehen ist.«
»Und wie stellen wir das an, Just?« fragte Peter.
»Zuallererst sollten wir mit Pico reden und feststellen, ob er sich nicht doch genau daran erinnern kann, wann er den Hut zuletzt hatte«, entschied Justus. »Aber gleichzeitig müssen wir weiter nach dem Cortez-Schwert fahnden. Ich bin überzeugt, Skinny und Cody wissen, daß wir das Schwert suchen – oder sonst etwas Wertvolles, das den Alvaros ihren Landbesitz erhalten hilft. Und daß Picos Verhaftung ein Versuch ist, uns dabei in den Rücken zu fallen, ist mir auch klar!«
»Also noch mal hin zum Institut, und weitersuchen nach neuem Material über Don Sebastián«, sagte Bob.
Peter stöhnte. »Das kann ja noch ewig so weitergehen!«
»Im Handumdrehen geht das natürlich nicht, Kollege«, räumte Justus ein, »aber ganz so schlimm ist es auch wieder nicht. Wir haben nur zwei Tage, auf die wir unser Augenmerk richten müssen – den 15. und den 16. September 1846. Don Sebastián war in Kriegsgefangenschaft, bis er am 15. September flüchtete, und danach hat man ihn nicht wieder gesehen. Und schon am nächsten Tag, dem 16. September, hatten sich diese drei Soldaten von ihrer Einheit abgesetzt. Auch sie hat keiner mehr gesehen.«
»Vielmehr keiner, den wir noch fragen könnten«, meinte Bob. Er beugte sich auf seinem Stuhl vor. »Just, ich habe mir das mit Condor Castle noch mal durch den Kopf gehen lassen. Wir sind bisher davon ausgegangen, daß es eine Andeutung über das Versteck des Schwerts ist. Aber vielleicht ist es doch nur, was so eine Angabe normalerweise am Kopf eines Briefes bedeutet – Don Sebastiáns Adresse!«
Justus schüttelte den Kopf. »Don Sebastiáns Adresse war das Haus Cabrillo – oder seine eigene Hacienda.«
»Nicht unbedingt«, sagte Bob. »Mir fällt dabei ein, was ich mal

über einen Mann gelesen habe, der in derselben heiklen Lage war wie Don Sebastián. Er war ein Schotte namens Cluny McPherson. Als die Engländer 1745 ins schottische Hochland einfielen und die Schotten in der Schlacht von Culloden besiegten, versuchten sie alle Anführer der Hochländer-Truppen zu töten oder gefangenzunehmen. Die meisten dieser Männer, die entkommen konnten, flohen über die Grenze – nicht aber Cluny, der Hauptmann des Clans McPherson. Obgleich er wußte, daß die Engländer hinter ihm her waren, wollte er das Land nicht verlassen.«

»Und wie stellte er das an, Bob?« wollte Diego wissen.

»Er hauste fast elf Jahre in einer Höhle auf seinem eigenen Land«, erwiderte Bob. »Sein ganzer Clan half mit, ihn in diesem Unterschlupf zu schützen. Sie brachten ihm Nahrung und Kleider, und die Engländer erfuhren nicht, wo er war, bis die Zeiten wieder sicher waren und er aus freiem Entschluß herauskommen konnte!«

»Ach, so meinst du das«, rief Peter. »Du glaubst, Condor Castle sollte ein Hinweis darauf sein, wo sich Don Sebastián selbst verstecken wollte?«

Bob nickte. »Ihr wißt doch, wie sich Pico darüber wunderte, wieso niemand mehr Don Sebastián sah, wenn er nun doch nicht erschossen worden und ins Meer gestürzt war – und wohin er ging, wenn ihm die Flucht gelungen war? Also ich glaube, er wollte sich einfach auf seiner eigenen Ranch verstecken, irgendwo in der Nähe von Condor Castle!«

»Und seine Freunde hätten ihn dann mit Essen versorgen und ihm beistehen können!« rief Justus. »Da könntest du recht haben, Kollege! Diese Möglichkeit hatte ich übersehen. Wenn es so war, dann müßten wir jetzt neu zu suchen anfangen, in alten Zeitungen und Tagebüchern und Briefen – irgendeinen Hinweis auf überbrachtes Essen oder Kleidung, auf heimliche Hilfeleistungen! Aber dann müßten wir den Zeitraum unserer Fahndung weiter ausdehnen – sagen wir mal, zunächst bis gegen Ende September 1846.«

»Na großartig«, beschwerte sich Peter. »Also Arbeit noch und noch! Immer her damit!«
»Wir brauchen dringend jeden Anhaltspunkt, den wir auftreiben können«, sagte Justus. »Aber die meisten Unterlagen sind wohl in spanischer Sprache, also müssen Diego und ich die Nachforschungen übernehmen.«
»Und was machen Peter und ich, Just?« fragte Bob.
»Ihr beide geht zum Gefängnis und versucht Pico auf die Sprünge zu helfen. Er muß sich erinnern, was mit seinem Hut passiert ist!«

Ein Besuch im Gefängnis

Das Gefängnis von Rocky Beach befand sich im obersten Stockwerk des Polizeigebäudes. Man erreichte es über einen separaten Flur und einen Aufzug im Erdgeschoß. Der Flur, der links vom Haupteingang abzweigte, war mit einem Gittertor abgesperrt. Vor dem Gitter saß ein Polizist an einem Pult. Bob und Peter standen aufgeregt davor und fragten nach Besuchserlaubnis für Pico Alvaro.
»Tut mir leid, ihr beiden«, sagte der Beamte. »Aber Besuchszeit ist nur am frühen Nachmittag – außer ihr wärt seine Anwälte!« Der Polizist grinste die Jungen an.
»Nun ja . . .« Bob gab sich Mühe, würdig auszusehen. »Er ist unser Klient.«
»Wir sind schon so etwas Ähnliches wie seine Anwälte«, setzte Peter hinzu.
»Hört mal, ihr Burschen, für solche Scherze habe ich keine Zeit –«
»Wir sind Privatdetektive, Sir«, warf Bob rasch ein. »Junior-Detektive zwar, aber Pico ist tatsächlich unser Klient. Wir müssen mit ihm über seinen Fall sprechen. Es ist wichtig. Wir –«

Der Polizist wurde böse. »Nun reicht's mir aber! Raus mit euch!«
Bob und Peter schluckten ihre Enttäuschung hinunter und wollten gerade kehrtmachen. Da sagte hinter ihnen eine Stimme: »Zeigt ihm euern Ausweis.«
Hauptkommissar Reynolds von der Polizeidirektion Rocky Beach stand hinter Bob und Peter und lächelte ihnen zu. Bob zeigte dem Beamten am Pult die beiden Karten der drei ???. Der Mann las sie bedächtig durch.
»Was wollt ihr zwei denn heute hier?« erkundigte sich der Kommissar.
Sie gaben Auskunft, und der Kommissar nickte ernsthaft. »Gut«, sagte er. »Ich glaube, in diesem Fall können wir ein Auge zudrücken. Pico Alvaro ist kein gemeingefährlicher Verbrecher, Sergeant, und Detektive haben tatsächlich ein Recht darauf, ihren Klienten zu besuchen.«
»Jawohl, Sir«, sagte der Polizeisergeant am Schreibtisch. »Ich wußte nicht, daß es Freunde von Ihnen sind.«
»Nicht Freunde, Sergeant, sondern Junior-Assistenten. Sie wären überrascht, wenn Sie wüßten, wie oft diese Jungen uns tatsächlich schon geholfen haben.«
Der Kommissar lächelte Bob und Peter noch einmal zu und ging dann weg. Der Polizist drückte auf einen Knopf am Pult. Hinter dem Gittertor trat ein anderer Beamter aus seinem Dienstzimmer auf den Flur und schloß von innen das Tor auf. Die Jungen traten rasch hindurch und zuckten erschrocken zusammen, als das Tor hinter ihnen mit scharfem Klicken wieder einschnappte.
»Junge, Junge«, sagte Peter. »Bin ich froh, daß wir nur zu Besuch hier sind!«
Die beiden gingen den Flur entlang zum Aufzug, fuhren hinauf und traten im obersten Stockwerk hinaus. Nun waren sie auf einem langen, hell erleuchteten Flur mit Schreibtischen und offenen Schaltern. Der erste Tresen links war der Ort, wo die Häftlinge ihre Taschen leeren und all ihre persönliche Habe abliefern mußten. Am nächsten Schalter nahm man ihnen die Fingerabdrücke ab, und am dritten Tresen wurde die Anstalts-

kleidung ausgegeben, und in einem Umkleideraum mit verschließbaren Garderobeschränken links am Ende des Flurs zogen sie sich dann um. Gegenüber diesem Umkleideraum war eine mit Eisenstäben gesicherte Tür mit der Aufschrift »Besucherraum.« Dahinter folgten auf der rechten Flurseite weitere Schreibtische. An manchen dieser Pulte saßen Polizeibeamte und verhörten Verhaftete, die ihre Strafe anzutreten hatten.
»Hier herüber«, rief ein Polizist vom ersten Schreibtisch her. »Ihr seid Andrews und Shaw? Privatdetektive?«
Sie nickten mit zugeschnürter Kehle. Der Beamte tippte ihren Namen und ihre Anschrift auf einen Vordruck, und dann setzte er den Namen des zu besuchenden Häftlings ein und das Anliegen für den Besuch.
»So, und jetzt stellt euch an die Wand da drüben.«
Bob und Peter stellten sich an die Wand, und ein anderer Beamter tastete sie flink und erfahren nach eingeschmuggelten Waffen oder sonstigen Gegenständen ab, die einem Gefangenen zur Flucht verhelfen könnten. Peter war froh, daß er an diesem Tag sein Schweizer Militärmesser nicht eingesteckt hatte. Dann führte der erste Polizist die Jungen zu dem vergitterten Besuchereingang, schloß das Tor auf und ließ sie eintreten.
Sie sahen einen langen, schmalen Raum mit einem niedrigen, massiven Tresen, der den Raum der Länge nach abteilte. Auf dem Tresen war eine Doppelreihe dreiseitig begrenzter, schalterähnlicher Sprechzellen. Die vordere Reihe dieser Abteile öffnete sich zum Besuchereingang hin und die Reihe dahinter zur Wand gegenüber, in der eine vergitterte Tür direkt zu den Gefängnisfluren führte. Wer in einem solchen Abteil saß, schaute über eine kinnhohe Barriere ins gegenüberliegende Abteil. Auf diese Weise konnten sich ein Besucher und ein Häftling sehen und miteinander reden, aber sie konnten einander über die Barriere nichts aushändigen, ohne daß es der wachhabende Polizeibeamte im Besucherraum bemerkte.
Bob und Peter setzten sich in eines der Abteile. Bald darauf öffnete sich die Tür auf der Gefangenenseite, und eine Wache

brachte Pico herein. Pico setzte sich den Jungen gegenüber vor die kinnhohe Barriere.
»Es freut mich, daß ihr mich besuchen kommt«, sagte er ruhig. »Aber ich brauche nichts.«
»Wir wissen, daß Sie das Feuer im Grasland nicht angezündet haben!« rief Peter.
Pico lächelte. »Ich weiß es auch. Nur der Sheriff leider nicht.«
»Aber wir meinen, wir können es beweisen«, sagte Bob.
»Beweisen? Wie denn?«
Da erzählten sie Pico alles, was sie sich zu der Sache mit dem Hut überlegt hatten.
»Also«, setzte Bob Pico auseinander, »um drei Uhr hatten Sie den Hut vor der Schule in Rocky Beach noch getragen. Folglich konnten Sie den Hut gar nicht bei der Feuerstelle auf der Norris-Ranch liegen lassen, höchstens später, als wir alle zur Hacienda kamen. Und bis dahin wütete ja das Feuer schon – angezündet hat es demnach jemand anders!«
»Ja«, sagte Pico, bei dem es plötzlich gefunkt hatte, »dann muß mein Hut irgendwie auf die Norris-Ranch gekommen sein, nachdem der Brand ausgebrochen war! Ihr seid wirklich geschickte Detektive. Ja, mein Hut ist sicher durch irgendeinen Zufall dahingekommen, oder –«
»Oder«, schloß Bob, »jemand hat ihn mit Absicht da draußen im Gelände hingelegt!«
»Um mir die Schuld zuzuschieben.« Pico nickte. »Aber daß ich bei der Schule meinen Hut aufhatte, das könnt ihr nicht beweisen. Nur aussagen.«
»Stimmt«, bestätigte Bob, »aber wir kennen den wahren Sachverhalt. Wir müssen jetzt herausfinden, wie der Hut in die Nähe des Brandherdes dort draußen gekommen ist.«
»Außerdem müssen wir wissen, wo Sie ihn abgenommen haben«, sagte Peter. »Bei der Schule hatten Sie ihn auf dem Kopf, und ich meine, auch noch beim Schrottplatz, wenn ich mich recht erinnere. Haben Sie ihn auch auf dem Lastwagen noch getragen?«
»Auf dem Lastwagen?« Pico zog die Brauen zusammen. »Da

saßen wir doch hinten auf der Pritsche beisammen, und ich erzählte von meiner Familie. Vielleicht ... Nein, das weiß ich nicht mehr genau. Ich kann mich nicht erinnern, ob ich den Hut abgenommen habe, und auch nicht, ob ich ihn auf dem Kopf hatte!«

»Sie müssen sich aber erinnern!« sagte Peter eindringlich.

»Überlegen Sie gut!« bedrängte ihn Bob.

Aber Pico sah die beiden nur ratlos an.

Diego seufzte mißmutig, als er das Mikrofilm-Lesegerät auf eine neue Seite der alten Zeitung einstellte, die er sich vorgenommen hatte. Er war in der Stadtbibliothek von Rocky Beach. Justus hatte ihn hingeschickt, als sie festgestellt hatten, daß das Historische Forschungsinstitut nicht über ein lückenloses Pressearchiv verfügte. Diego war schon zwei Monate der wöchentlich in Rocky Beach erschienenen Zeitung des Jahrgangs 1846 durchgegangen. Jetzt hatte er die vierte Oktoberwoche vor sich. Bisher war er noch kaum fündig geworden. Von Don Sebastián wurde überhaupt nichts erwähnt, bis auf eine kurze Nachricht anläßlich seines Todes. Diese Meldung beruhte zweifellos auf dem Bericht von Feldwebel Brewster und enthielt nichts Neues.

Diego stöhnte wieder und reckte sich. Im Lesesaal war es ganz still, bis auf das Geräusch des Dauerregens draußen. Er wandte sich zu dem kleinen Stapel Bücher auf dem Tisch neben sich. Es waren alles gedruckte Erinnerungsberichte und Tagebücher, im neunzehnten Jahrhundert von Ortsansässigen verfaßt.

Diego öffnete den ersten Band mit Aufzeichnungen und begann nach Einträgen ab Mitte September 1846 zu suchen.

Justus klappte das fünfte Tagebuch zu, das er nun durchgelesen hatte, und horchte auf den Regen draußen vor dem Institut. Die alten handschriftlichen Aufzeichnungen der spanischen Siedler waren eine faszinierende Lektüre, und er mußte sich immer wieder vorhalten, daß er ja nur Berichte aus dem Zeitraum um die Flucht des Don Sebastián lesen wollte. Aber bisher hatten ihm selbst die Berichte über die unruhigen Septembertage des Jahres 1846 keine Hinweise verschafft.

Entmutigt öffnete er das sechste Tagebuch, ohne sich große Hoffnungen zu machen. Immerhin würde er sich diesmal beim Lesen nicht so schwer tun. Dieses Buch war englisch abgefaßt, und der Schreiber war ein Kavallerieleutnant in Frémonts kleiner Truppe amerikanischer Besatzer.
Justus schlug die mit Mitte September datierten Seiten auf und begann rasch zu lesen.
Etwa zehn Minuten später beugte er sich plötzlich vor, in heller Aufregung und mit leuchtenden Augen, und nahm sich mit Bedacht eine Seite im Tagebuch des längst vergessenen Leutnants noch einmal vor.
Dann sprang er auf, machte sich eine Kopie der Seite, gab dem Historiker die alten Bücher zurück und lief hinaus in den Regen.
Im Besucherraum des Gefängnisses von Rocky Beach schüttelte Pico noch einmal den Kopf.
»Ich kann mich einfach nicht entsinnen. Es tut mir leid.«
»Na schön«, sagte Bob gelassen. »Dann gehen wir die Sache Schritt für Schritt noch mal durch. Also: bei der Schule hatten Sie den Hut auf. Justus weiß das noch ganz genau, und ich kann mich auch daran erinnern. Und dann –«
»Ich möchte wetten, Skinny und auch dieser Cody wissen genauso gut, daß Pico vor der Schule den Hut aufhatte, nur wollen sie es nicht zugeben«, sagte Peter erbittert.
»Nein, die nicht«, sagte Bob. »Peter ist ziemlich sicher, daß Sie den Hut auch auf dem Schrottplatz noch hatten. Im Lastwagen erzählten Sie uns davon, wie die Alvaros ihr Land bekommen hatten. Ich weiß noch, wie Sie rechts und links hinauszeigten, also hatten Sie den Hut nicht in den Händen. Im Lastwagen war es windig und kühl, und Sie hatten den Hut sicherlich auf, schon um den Kopf zu schützen.«
»Und dann kamen wir zur Hacienda«, fuhr Peter fort. »Da stiegen wir alle aus, und Sie sprachen mit Onkel Titus über das Cortez-Standbild. Ja, und was war dann, Pico? Sind Sie ins Haus gegangen und haben Sie vielleicht dort den Hut abgenommen?«
»Na ja, ich ...« Pico überlegte angestrengt. »Nein, ich ging

nicht ins Haus. Ich ... wir alle ... Halt! Ja, jetzt kommt mir die Erinnerung!«

»Was war?« rief Peter.

»Reden Sie«, drängte Bob.

Picos Augen leuchteten. »Dann gingen wir alle in die Scheune und schauten uns die Sachen an, die ich an Mr. Jonas verkaufen wollte. Es war dunkel hier, und außerdem beschattete die Hutkrempe meine Augen. Also nahm ich den Hut ab, um besser sehen zu können, und ...« Pico Alvaro sah die Jungen an. »Und dann hängte ich ihn an einen Haken innen neben die Scheunentür! Ja, da bin ich ganz sicher. Ich hängte den Hut in der Scheune auf, und dann, als Huerta und Guerra ›Feuer!‹ schrien, rannte ich mit euch hinaus, und den Hut ließ ich in der Scheune zurück!«

»Dann hätte er aber dort sein müssen und nicht auf der Norris-Ranch, wo es brannte«, sagte Bob.

»Also hat ihn jemand aus der Scheune geklaut, ehe die dann später auch Feuer fing«, sagte Peter, »und ihn im Gelände beim Brandherd hingelegt, um Pico zu belasten!«

»Aber«, sagte Pico zögernd, »einen Beweis haben wir nicht.«

»Vielleicht können wir in der Scheune irgendeinen Beweis finden, falls bei dem Brand noch was übriggeblieben ist!« sagte Bob. »Wir müssen Justus verständigen, Peter.«

Die Jungen verabschiedeten sich von Pico und liefen hinaus, während der Aufseher Pico in seine Zelle zurückbrachte.

Sie fuhren durch den Regen schnurstracks zum Institut und liefen hinein. Aber Justus war nicht mehr da!

»Wo ist er nur hingegangen?« meinte Peter verwundert.

»Weiß ich nicht.« Bob biß sich auf die Lippe. »Bis es dunkel wird, haben wir noch ein paar Stunden Zeit. Genug Zeit, um in der Alvaro-Scheune nach einem Beweis suchen zu können, daß jemand Picos Hut gestohlen hat.«

»Dann fahren wir gleich hin«, entschied Peter. »Vielleicht ist Justus mit Diego auch schon dort.«

Sie liefen wieder zu ihren Fahrrädern und fuhren schnell im strömenden Regen zur abgebrannten Hacienda Alvaro.

Entdeckung in der Brandruine

Der Regen hörte auf, als Bob und Peter in den Hof der Hacienda einfuhren. Stumm und öde lagen die geschwärzten Ruinen da. Sie sahen aus wie zerborstene Häusergerippe auf einem Kriegsschauplatz. Auf dem Bergzug hinter der Hacienda erhob sich geisterhaft und bedrohlich die Statue mit dem geköpften Pferd gegen die tiefhängenden, rasch vorüberziehenden Wolken. Justus und Diego waren nirgends zu sehen.

»Vielleicht warten wir eine Weile«, meinte Peter.

»Jetzt sind wir schon da«, sagte Bob. »Wir könnten uns inzwischen schon mal umsehen, ob wir nicht irgendwas Ergiebiges finden.«

Peter starrte auf die eingestürzten Wände und die herabgefallenen Dachbalken der alten Scheune. »Mann, das ist ja ein einziges Trümmerfeld. Wo fangen wir da an?«

»Ich glaube«, entgegnete Bob bedächtig, »Justus würde sagen, zuerst das Nächstliegende. Suchen wir also erst mal draußen vor der Scheune nach irgendwas, das vielleicht heruntergefallen ist, oder auch nach Fußspuren.«

Peter nickte, und sie gingen auf der Koppel vor der Scheune in beiden Richtungen los. In gebückter Haltung untersuchten sie jeden Zollbreit des schlammigen Bodens und arbeiteten sich langsam über die Koppel zum Scheuneneingang vor. Die vielen Regentage hatten den Lehmboden des Hofes in glitschigen, zähen Matsch verwandelt. Er klebte an ihren Schuhen und gab beim Auftreten häßliche schmatzende Laute von sich. Vor dem, was einmal das Scheunentor gewesen war, trafen sie wieder zusammen. Zurückgeblieben war davon nur ein angekohlter Rahmen, der grotesk schief vornüberhing.

»Auf dem Boden ist nicht mal ein Stück Holz«, stöhnte Peter. »Der Matsch ist so tief, daß sowieso alles drin versinkt, bis auf die dicken Steinbrocken.«

»Ich glaube nicht, daß hier Fußabdrücke entstanden sein könnten, auch nicht vor dem Regen. Der Lehmboden da ist in trockenem Zustand steinhart«, sagte Bob. »Versuchen wir es drinnen.«

Das Innere der abgebrannten Scheune war ein fürchterliches Durcheinander aus herabgefallenem Dachgebälk, niedergebrochenen Wänden, den Trümmern von Innenräumen und Stallboxen und den schwarz verkohlten Überresten der vielen wertvollen Gegenstände, die Onkel Titus den Alvaros hatte abkaufen wollen. Zwei Außenmauern waren eingestürzt, und die beiden anderen ragten nur noch als Skelett in die Höhe. Die Fenster in den noch stehenden Mauern sahen aus wie klaffende Wunden. Nach dem tagelangen Regen herrschte in den verkohlten Trümmern ein grauenhafter Gestank. Man kannte sich in der Scheune nicht mehr aus. Die Jungen standen nur da und starrten auf das Chaos.

»Wie sollen wir hier drin was finden?« Peter stöhnte. »Wir wissen ja nicht mal, was wir eigentlich suchen!«

»Wir suchen irgendwas, das uns einen Fingerzeig geben könnte, wer hier drin war und Picos Hut mitgenommen hat«, sagte Bob, der sich nicht so leicht entmutigen lassen mochte. »Und du weißt ja, was Just sagen würde – wenn wir es vor uns haben, sehen wir schon klar!«

»Großartig«, sagte Peter. »Aber wie sollen wir in diesem Trümmerhaufen etwas finden, und wo fangen wir an mit Suchen?«

»Wir fangen mal da an, wo der Hut zuletzt mit Sicherheit war«, erklärte Bob und zeigte auf die Wand neben dem Türrahmen. Die vordere Mauer war stehengeblieben. »Schau mal, der Haken, an dem Pico seinen Hut aufgehängt hat – der ist noch dran an der Wand.«

»Das *war* mal ein Haken«, murmelte Peter, aber er trat zu Bob an die Mauer.

Drei Kleiderhaken gleich neben dem Tor waren zu Stumpen verbrannt, doch sie waren an dem geschwärzten Wandstück noch gut sichtbar. Bob und Peter begannen den Boden unter den Haken abzusuchen.

Dort war ein wüster Haufen Unrat – Holzasche und verkohlte Trümmer. Höchstens noch die Dachziegel waren als solche zu erkennen. Die Jungen stöberten Hunderte kleiner geschwärzter Bruchstücke auf, als sie sich allmählich weiter von der Mauer entfernten. Doch sie entdeckten nichts, das irgendwie von Belang schien oder auf einen fremden Eigentümer hindeutete.
Schließlich setzte sich Peter auf einen herabgestürzten Dachbalken. »Falls da irgendwas Wichtiges ist, müßte von Rechts wegen ein Schild dran sein«, sagte er.
»Da hast du recht, Kollege«, gab Bob widerstrebend zu. »Hier liegen so viele Bruchstücke herum –«
»Achtung, da kommt jemand«, sagte Peter. Er stand auf und lief zum Tor. »Sicher Justus und Diego. Ju – –« Jäh sprang er hinter die verbrannte Mauer zurück, um nicht gesehen zu werden, und seine Stimme war jetzt ein scharfes Flüstern. »Bob! Das sind drei Männer! Ich kenn' sie nicht!«
Bob kauerte hinter einem Trümmerhaufen und spähte zum Tor hinaus.
»Die kommen ja auf die Scheune zu! Peter, die find' ich aber gar nicht sympathisch. Schnell, unter die Balken da drüben. Mach schnell!«
Sie huschten flink und lautlos vom Tor weg. Nebenan lagen über ein paar Dachbalken, die gegen die vordere Mauer lehnten, die Trümmer der eingestürzten Seitenwand. Unter den Balken war ein dunkler, enger, schräger Raum entstanden. Die Jungen krochen hinein und legten sich flach auf den Boden. Aus Furcht, sich durch ein Geräusch zu verraten, wagten sie kaum zu atmen.
Gleich darauf traten die drei Männer in die Scheune.
»Mann«, flüsterte Peter voll Unbehagen, »die sehen vielleicht fies aus.«
Die drei Männer blieben gleich hinter dem Tor stehen und sahen sich in der Ruine um. Einer war ein großer schwarzhaariger Mann mit einem dichten Schnauzbart und drei Tage alten Stoppeln in dem fleischigen Gesicht. Der zweite war klein und schmächtig, mit einem hageren Rattengesicht und bösen schma-

len Augen. Der dritte war feist und kahlköpfig, mit einer großen roten Nase und angeschlagenen Vorderzähnen. Alle drei waren schmutzig und ungepflegt, ihrem Aufzug nach wohl Landstreicher, arbeitslose Cowboys, in abgetragenen Jeans, lehmverklumpten Stulpenstiefeln, Arbeitshemden und schmuddeligen, zerbeulten Cowboyhüten. Ihre groben Hände und Gesichter sahen aus, als hätten sie sich seit Wochen nicht mehr gewaschen.
Die drei starrten auf die Trümmer. Begeistert sahen sie nicht gerade aus.
»Hier drin gibt's nichts zu finden«, sagte der kleine magere Mann. »Wie sollen wir hier was finden, Cap?«
»Wir müssen sie finden«, sagte der große Schwarzhaarige mit dem Schnauzbart.
»Wird nicht zu machen sein, Cap«, sagte der Dicke mit hoher, schriller Stimme. Dazu schüttelte er den massigen Kopf. »Mann, da ist nichts drin.«
»Macht eure Augen auf, klar?« sagte Cap. »Die müssen hier irgendwo sein.«
»Na schön, Cap«, quetschte der Dicke heraus. Er begann mit dem Fuß gegen die Trümmer zu stoßen und glotzte erwartungsvoll auf den Boden, als ob das, was sie suchten, jeden Augenblick auftauchen könne.
Der kleine Mann mit dem Rattengesicht begann umherzugehen und schaute hier und dort nach, strengte sich dabei aber nicht übermäßig an. Der Große, Cap, stieß einen Fluch aus.
»Runter mit dir, und schau richtig hin, Pike – du bist hier nicht beim Blumenpflücken!«
Der magere Pike funkelte Cap böse an, dann bückte er sich tief und suchte den Boden gründlicher ab. Cap wandte sich an den Dicken.
»Das gilt auch für dich, Tulsa. Wir nehmen uns jeder einen Abschnitt vor, kapiert?«
Tulsa ließ sich in der Aschenschicht auf Hände und Knie nieder und begann herumzukriechen, wobei sein schwammiges Gesicht fast den Boden berührte. Cap und Pike sahen ihm eine Zeitlang

voller Abscheu zu, dann gingen beide ein paar Schritte weiter, um auf jeder Seite des schiefhängenden Torrahmens zu suchen.
»Weißt du das genau, daß sie hier drin verschütt' gegangen sind, Cap?« fragte Pike.
»Na klar weiß ich das. Wir mußten die Zündung kurzschließen, damit wir überhaupt wieder wegkamen, habt ihr das schon vergessen? Und später mußten wir uns eine neue Garnitur besorgen.«
Beim Durchsuchen der Ruine kam zweimal einer der Männer ganz nah an der Stelle vorbei, wo Bob und Peter im Versteck lagen und den Atem anhielten. Der große schwarzhaarige Cap kam so dicht heran, daß die Jungen seine Stiefel hätten berühren können. Peter schluckte und wies stumm auf ein Messer mit dünner Klinge und schwerem Heft, das in Caps Stiefel steckte!
»Ich weiß nicht«, sagte der magere Pike nach einer Weile. »Und wenn sie nun schon vorher verlorengegangen sind?«
»Du Blödmann, wir hatten sie doch noch auf der Fahrt hierher«, sagte Cap voller Verachtung.
»Na gut, dann sind sie vielleicht draußen runtergefallen?« gab Pike wütend zurück. Und dann setzte sich der magere kleine Mann auf einen Balken genau über Bob und Peter! Mit einem ebenfalls höchst bedrohlich aussehenden Messer begann er an einem verkohlten Holzstück herumzuschnitzen.
»Na schön«, gab Cap schließlich zu, »vielleicht hast du recht. Und ohne Licht finden wir sie hier sowieso nicht. Schauen wir dort nach, wo wir an dem Tag geparkt hatten, und wenn wir sie nicht finden, holen wir uns Lampen.«

Hat es bei euch schon gezündet – habt ihr schon den Schlüssel zur Identifizierung des gesuchten Objekts?

Während die Jungen noch versuchten, ob es wohl ging, den Atem ganz anzuhalten, sprang Pike plötzlich auf und lief mit den beiden anderen aus der Scheunenruine. Bob und Peter horchten noch eine Weile, ohne sich zu rühren. Draußen im schlammbedeckten Hof konnten sie die drei Männer laut reden und streiten hören. Bob und Peter warteten. Dann wurde es draußen wieder still. Vorsichtig krochen sie unter den eingestürzten Mauerstükken hervor und robbten vor zum Tor. Der Hof war leer. Bob wandte sich mit funkelnden Augen an Peter.

»Wer die sind, weiß ich nicht«, sagte er, »aber so wie es aussieht, waren sie an dem Tag hier, als es brannte, und wahrscheinlich haben sie etwas mit Picos Hut zu tun! Ich glaube, sie haben ihre Zündschlüssel verloren!«

»So hat sich's angehört«, bestätigte Peter. »Sie sehen aus wie Cowboys. Vielleicht arbeiten sie für Mr. Norris!«

Bob meinte noch: »Sie sind ja wie irrsinnig hinter den Schlüsseln her, und das kann nur bedeuten, daß die für sie gefährlich werden können – oder für sonst jemanden! Suchen wir mal gründlich!«

»Haben wir ja schon getan, Bob«, meinte Peter. »Und die Kerle haben sie auch nicht gefunden.«

»Aber richtig gründlich haben sie nicht gesucht, und wir wissen inzwischen wenigstens, wonach wir ausschauen müssen«, sagte Bob. »Da drüben hab' ich eine angekohlte Harke gesehen – die holen wir uns! Damit stochern wir mal die Trümmer bei den Kleiderhaken durch.«

Peter fand die Harke in einer Ecke. Der Griff war halb weggebrannt, aber der Metallrechen war noch zu gebrauchen. Er begann in Asche und Trümmern herumzuscharren. Jedesmal wenn die Harke gegen Metall stieß, bückten er und Bob sich aufgeregt, um näher hinzusehen. Die Suche war jetzt ein wenig einfacher als vorher, weil der Himmel sich aufgehellt hatte und mehr Licht in die dachlose Scheune einfiel. Ab und zu rissen die Wolken auf, und dann zeigte sich ein Stück blauer Himmel.

Endlich rief Bob: »Peter!« und deutete auf den Boden. Da blinkte etwas.

Peter stocherte es hervor. Die beiden Jungen stießen beinahe mit den Köpfen zusammen, als sie sich gleichzeitig bückten, um es aufzuheben.

»Zwei Schlüssel an einer Kette mit einem Silberdollar!« rief Bob.

»Ist irgendwas dran, eine Nummer oder ein Name?« fragte Peter rasch.

Bob sah nach. »Nein, nichts. Aber es sind tatsächlich Autoschlüssel, und das sind bestimmt die, hinter denen die Männer her sind!«

»Vielleicht gehören sie auch Pico«, sagte Peter. »Oder jemand von seinen Freunden.«

»He! Ihr beiden da!«

Bob und Peter fuhren herum. Der dicke Kerl namens Tulsa starrte vom verkohlten Torrahmen zu ihnen herein. Im ersten Augenblick war er offenbar unschlüssig, was er machen sollte.

»Hinten raus!« flüsterte Peter Bob zu.

Sie flitzten zum hinteren Ausgang der Ruine hinaus, auf ein paar Eichen zu, die hinter der Scheune standen. Von Stamm zu Stamm sprangen sie weiter bis zu einer Stelle, von wo sie den Hof der Hacienda überblicken konnten.

»Ihr da!«

Der große schwarzhaarige Cap stand bei der verwüsteten Hacienda und fuchtelte wild mit den Armen. Plötzlich trat auch noch der rattengesichtige Kleine auf den Hof und rief ihm etwas zu.

»Cap! Tulsa sagt, die Bengel haben in der Scheune was gefunden!«

Die beiden Jungen blickten sich erschrocken um. Von ihren Fahrrädern im Hof der Hacienda waren sie abgeschnitten, und hier in der Nähe gab es kein Versteck!

»Rauf auf den Berg!« zischte Peter.

Sie flüchteten zu dem hohen Bergrücken, wo das Reiterstandbild mit dem kopflosen Pferd gegen den Himmel aufragte!

Gefahr auf der Ranch!

Als Justus das Institut verließ, fuhr er zur Bibliothek und traf dort Diego Alvaro. Der schlanke Junge sah bedrückt aus.
»Über Schießereien in den Canyons um diese Zeit steht eine Menge in den alten Zeitungen«, berichtete er, »aber nichts, das uns herausfinden hilft, was mit Don Sebastián geschehen ist.«
»Laß jetzt gut sein«, sagte Justus munter. »Ich glaube, ich habe etwas entdeckt! Bob und Peter müßten inzwischen im Gefängnis auch fertig sein – wahrscheinlich sind sie in der Zentrale. Komm mit!«
Die Jungen fuhren rasch durch den Regen zum Schrottplatz. Um von Tante Mathilda oder Onkel Titus nicht erspäht und zur Arbeit verschleppt zu werden, führte Justus Diego zum Hintereingang herein. Er hielt etwa fünfzehn Meter nach der Straßenecke an der Umzäunung an. Der ganze Zaun um den Lagerplatz war von einheimischen Künstlern bemalt worden, und Justus war vor einer dramatischen Darstellung des großen Feuers von San Francisco im Jahr 1906 stehengeblieben. Auf dem gemalten Bild saß ein kleiner Hund neben züngelnden roten Flammen.
»Der Hund ist unser besonderer Freund«, erklärte der Erste Detektiv, »denn dies ist unser Geheimeingang ›Rotes Tor‹!«
Ein Auge des kleinen Hundes war ein Astloch. Justus holte den Stöpsel heraus und griff in das Loch, um einen innen angebrachten Riegel wegzuschieben. Drei Zaunplanken ließen sich zur Seite schwenken, und Diego und Justus schlüpften in den Hof.
Drinnen stellten sie ihre Fahrräder ab und krochen durch verborgene Gänge zwischen Schrottbergen, bis sie an eine Holztür kamen, die geradewegs in die Zentrale führte. Bob und Peter waren allerdings nicht da.
»Die reden wohl immer noch mit Pico«, meinte Justus. »Na, dann warten wir mal.«
»Gut«, sagte Diego. »Aber was hast du entdeckt?«
Justus zog einen Zettel hervor. Seine Augen leuchteten. »Ein

Leutnant, der damals in die Gegend kam – einer von Frémonts Soldaten – führte ein Tagebuch. Und unter dem 15. September 1846 fand ich diese Eintragung«, erklärte Justus, und dann begann er vorzulesen. »›Ich bin völlig verstört! Ich muß befürchten, die Invasion ging über meine Kräfte und hat meinem Verstand geschadet. Heute abend wurde ich zur Hacienda des Don Sebastián Alvaro entsandt, um nach verstecktem Schmuggelgut zu suchen. Als gerade die Dämmerung hereinbrach, sah ich etwas, das nur Einbildung eines verwirrten Gemüts sein konnte. Auf einem Bergkamm über dem Fluß, den die Einheimischen Santa Inez Creek nennen, erkannte ich deutlich Don Sebastián Alvaro, der sein Pferd am Zügel führte und etwas wie einen Säbel schwenkte! Ehe ich den Versuch machen konnte, den Fluß zu überqueren, umhüllte mich völlige Dunkelheit, und da ich ein einsames Zusammentreffen bei Nacht nicht riskieren wollte, kehrte ich zu unserem Lager zurück. Dort erfuhr ich, daß Don Sebastián in der Frühe dieses Tages bei einem Fluchtversuch erschossen worden war. Was hatte ich also am anderen Flußufer gesehen, als ich von der Hacienda Alvaro kam? Ein Gespenst? Ein Trugbild? Hatte ich beiläufig die Nachricht von Don Sebastiáns Tod gehört, und war sie mir wieder entfallen, bis die Hacienda Alvaro sie aus den Tiefen meines erschöpften Bewußtseins zutage förderte? Ich kann es nicht sagen.‹«

»Don Sebastián war eben doch nicht erschossen worden!« rief Diego eifrig. »Also hat ihn dieser Leutnant tatsächlich gesehen! Und, Justus – das Schwert hatte er bei sich!«

»Ja«, bestätigte Justus voll Stolz. »Ich glaube, wir haben jetzt den schlüssigen Beweis dafür, daß Don Sebastián am Abend des 15. September noch am Leben war und daß er nach seiner Flucht das Cortez-Schwert bei sich hatte. Es war alles in Ordnung bei diesem Leutnant – die Augen und der Geisteszustand. Sobald Bob und Peter da sind, gehen wir los und sehen uns die Stelle an, die der Leutnant bezeichnet hat!«

Aber nach einer halben Stunde waren Bob und Peter in der Zentrale noch nicht aufgetaucht. Diego bekam es mit der Angst.

»Könnte ihnen oder Pico etwas zugestoßen sein?« fragte er voll Unbehagen.
»Das ist nicht auszuschließen«, gab Justus düster zu, »aber ich halte es für wahrscheinlicher, daß sie von Pico irgend etwas erfahren haben und jetzt auf eigene Faust Ermittlungen anstellen.«
»Aber wohin könnten sie gegangen sein?«
»Sie hatten ja den Auftrag, Pico zu fragen, wo er seinen Hut zum letzten Mal gesehen hat. Deshalb vermute ich, daß sie zu eurer Hacienda gegangen sind. Komm, wir suchen sie.«
Justus und Diego schlüpften durch das ›Rote Tor‹ wieder ins Freie und radelten, so schnell sie konnten, zu der abgebrannten Hacienda. Es hatte aufgehört zu regnen, und der Himmel lichtete sich allmählich. Der Santa Inez Creek führte Hochwasser, wie die Jungen beim Überqueren der steinernen Brücke feststellten. Als sie an der Reihe der Bergzüge zwischen dem Fluß und dem Arroyo vorüberkamen, blickten sie zum Reiterstandbild des Hernando Cortez hinauf, droben auf dem letzten Bergkamm.
»Justus! Das Standbild! Es . . . es bewegt sich!« rief Diego.
Sie traten auf die Bremse und starrten zu der Statue hinauf.
»Nein, da bewegt sich nichts!« sagte Justus. »Aber dort oben, gleich daneben, da ist jemand!«
»Hinter der Statue versteckt sich wer!« rief Diego.
»Zwei sind es. Jetzt laufen sie los!«
»Und kommen hierher, den Hang herunter!«
»Das sind ja Bob und Peter!«
»Los, komm!«
Sie schoben ihre Fahrräder in das Gebüsch am Straßenrand und liefen los. Bob und Peter schlitterten und rutschten das letzte Stück bergab, vor zur Straße. Wo die Bergflanke in einem tiefen Graben neben dem Asphalt endete, trafen die vier Jungen außer Atem und keuchend zusammen.
»Wir haben ein Beweisstück entdeckt, Just!« stieß Peter hervor.
»Aber drei Kerle haben *uns* entdeckt!« keuchte Bob.
»Was für drei Kerle?« fragte Diego atemlos.

»Das wissen wir nicht, aber sie sind jetzt hinter uns her!«
»Also zur Brücke zurück«, schnaufte Justus. »Da drunter verstecken wir uns!«
»Da sehen die doch bestimmt nach, Just!« wandte Bob ein.
»Weiter unten an der Straße ist eine große Entwässerungsröhre!« rief Diego. »Sie mündet in diesen Graben und ist ganz zugewachsen! Kommt nur mit!«
Sie hasteten zurück, den schlammigen, mit Buschwerk überwachsenen Graben entlang. Diego kämpfte sich durch den dichten, dornigen Chaparral und entdeckte bald die Einmündung einer Entwässerungsröhre von gewaltigem Durchmesser, die aus dem Berg herausführte. Die Jungen zwängten sich flugs in die Röhre, obwohl darin ein Rinnsal Regenwasser floß, und zogen das Gestrüpp wieder vor die Öffnung. Sie kauerten sich zusammen und warteten bange.
»Was ist der Beweis, den ihr gefunden habt?« flüsterte Justus.
Bob und Peter erzählten von dem Schlüsselbund und ihrem Abenteuer in der abgebrannten Scheune. Diego sah sich die Schlüssel im Halbdunkel an.
»Nein, uns gehören die bestimmt nicht«, sagte er.
»Die Männer sagten, sie hätten sie verloren und deshalb die Zündung an ihrem Auto kurzschließen müssen?« überlegte Justus. »So, wie ihr das erzählt, Freunde, hört es sich an, als seien sie in der Scheune gewesen, *ehe* sie niedergebrannt ist. Und sie wollen offenbar nicht, daß jemand anders die Schlüssel findet und dadurch erfahrt, daß sie dort waren! Vielleicht haben *sie* den Hut gestohlen und ihn draußen am Brandherd hingelegt!«
»Aber was sind das für Kerle, Justus?« fragte Peter mit heiserer Stimme.
»Das weiß ich nicht, aber irgendwie müssen sie mit dem Feuer und mit Picos Verhaftung zu tun haben. Ich . . . Pssst!«
Die vier Jungen in der Röhre verstummten. Auf der Straße näherten sich schnelle Schritte! Die Jungen spähten durchs dichte Gebüsch und sahen die drei vagabundierenden Cowboys! Verbissen und stumm trabten die drei Dunkelmänner vorüber.

Diego flüsterte: »Die hab' ich noch nie gesehen! Wenn sie für Mr. Norris arbeiten, dann sind sie neu dort!«
»Und was treiben sie dann hier?« fragte Peter.
»Eben das müssen wir herausfinden«, sagte Justus.
»Ich hab' nur einen Wunsch«, sagte Bob. »Daß sie hier nicht noch mal aufkreuzen!«
Die vier Jungen warteten und horchten angestrengt. An der Straße war jetzt alles ruhig. Nach einer weiteren Viertelstunde holte Justus voller Ungeduld tief Atem.
»Ich finde, einer von uns sollte jetzt mal Ausschau halten«, sagte er.
»Ich mach' das«, sagte Diego. »Sie haben es auf Bob und Peter abgesehen, von mir wollen sie nichts. Und ich wohne hier, also finden sie mich nicht von vornherein verdächtig.«
Der schlanke Junge kroch flink ins Freie, damit niemand merken sollte, wo er plötzlich herkam. Er kletterte die Straßenböschung hoch, wandte sich nach links und verschwand in Richtung Brük-ke. In der Röhre warteten die drei ???. Bob hörte als erster, daß wieder jemand näher kam. Schon wollte er hinaus.
»Halt!« flüsterte Peter. »Vielleicht ist das gar nicht Diego!«
Sie warteten ab. Da blieb jemand vor der Röhre stehen.
»Alles klar, Freunde!«
Es war Diego! Die drei ??? krochen ins Freie, und Diego führte sie zurück zur Brücke über den Santa Inez Creek. Er wies auf das Gebirge in der Ferne. Weit vor ihnen verschwanden die drei Cowboys gerade im Norden auf dem Weg durch die Norris-Ranch.
»Die haben es aufgegeben.« Diego lachte. »Und genau hier in der Gegend wollten wir ja sowieso Ermittlungen anstellen, stimmt's, Justus?«
»Wieso Ermittlungen?« fragten Bob und Peter gleichzeitig.
Justus berichtete ihnen von dem Tagebuch des Leutnants und zeigte ihnen die Seite, die er daraus kopiert hatte.
»Mann!« rief Peter. »Don Sebastián ist also die Flucht gelungen! Und das Cortez-Schwert hatte er bei sich!«

»Ja, da bin ich ganz sicher«, sagte Justus, und dann seufzte er. »Aber was der Leutnant da schreibt, hilft uns bei der Suche leider nicht weiter!«
»Aber Just, er schreibt doch –« fing Diego an.
»Er kann aber das, was er zu sehen glaubte, eben nicht gesehen haben«, unterbrach ihn Justus, »oder zumindest nicht dort, wo er es angeblich sah. Paßt auf: er schreibt, er sei vorher auf der Hacienda gewesen, und das bedeutet, daß er auf unserer Seite des Flusses war, also der Westseite. Er schaute über den Fluß weg nach Osten, etwa von dieser Stelle hier aus. Und er schreibt, er habe einen Berg gesehen – aber von hier aus sieht man am anderen Flußufer keinen Berg!«
Jenseits des stark angeschwollenen Santa Inez Creek war das Land, so weit die Jungen sehen konnten, topfeben bis weit hinter die Gebäude der Norris-Ranch!
»Irgendwie«, sagte Justus düster, »muß er sich getäuscht haben, als er die Eintragung in sein Tagebuch machte – über seinen Standort oder über sein Erinnerungsvermögen!«
Die Jungen sahen einander niedergeschlagen an.
»Hier kommen wir wohl nicht zum Ziel, Freunde«, meinte Justus.
Bedrückt gingen sie zu ihren Fahrrädern und machten sich auf den Heimweg.

Ich wollte mich zu einem mit »wenn« beginnenden Satz weiter vorn in der Geschichte noch einmal melden, erinnert ihr euch? Und nun überlegt, ob es in Südkalifornien, wo der Erdboden bekanntermaßen nicht immer in Ruhe war und ist, nicht berechtigt wäre, über dieses »wenn« gründlicher nachzusinnen.

Die Alvaros im Wettlauf mit der Zeit

In der Nacht begann es wieder heftig zu regnen, und den ganzen folgenden Tag goß es in Strömen. Die drei ??? kamen nicht dazu, weiter über das Cortez-Schwert zu reden oder sich um den Besitzer der Autoschlüssel aus der abgebrannten Scheune zu kümmern. Nach dem Unterricht waren sie den Nachmittag über mit Sport und Gruppenarbeit beschäftigt.

»Neue Spuren haben wir ja zur Zeit sowieso nicht«, sagte Peter mißmutig.

Diego besuchte Pico am Nachmittag und zeigte seinem Bruder die Schlüssel. Er beschrieb Pico auch die drei verdächtigen Cowboys. Aber die Schlüssel sagten Pico nichts und er hatte keine Ahnung, wer die drei Fremden waren und warum sie sich so für die abgebrannte Scheune interessierten.

»Es könnte höchstens so sein«, sagte der ältere Alvaro voll Bitterkeit, »daß Mr. Norris jetzt sogar irgendwelche Gangster angeheuert hat, um uns von unserer Ranch zu vertreiben!«

Am Abend fuhren die drei ??? nach dem Essen noch einmal zur Bibliothek und zum Institut. Wieder durchforschten sie die alten Zeitungen, Tagebücher und Heeresberichte der Amerikaner. Noch einmal lasen sie die gefälschte Meldung über Don Sebastiáns Tod, den Bericht, worin Feldwebel Brewster und seine beiden Untergebenen zu Deserteuren erklärt wurden, Don Sebastiáns rätselhaften Brief mit der Angabe »Condor Castle« im Briefkopf und die offenbar irrige Tagebucheintragung des amerikanischen Leutnants. Doch die Jungen konnten nichts entdekken, das ihnen aufschlußreich erschien.

Es regnete die Nacht durch und auch noch am folgenden Mittwoch. In der Umgegend wurden Hochwasserwarnungen bekanntgegeben. Nach der Schule mußten Bob und Peter zu Hause mithelfen. Diego besuchte wieder seinen Bruder, und Justus ging pflichtschuldigst noch einmal zum Institut, um seine unergiebigen Ermittlungen fortzusetzen.

Nach getaner Arbeit trafen sich Bob und Peter in der Zentrale. Sie zogen ihre nassen Regenjacken aus und hockten sich vor den kleinen elektrischen Heizofen in ihrem Campinganhänger, um auf Diego und Justus zu warten.
»Glaubst du, wir werden dieses Schwert jemals finden, Bob?« fragte Peter.
»Ich weiß nicht«, gab Bob zu. »Wenn das alles nur nicht so lange her wäre. Da liest man in den Berichten alles mögliche über Schießereien und Scharmützel da hinten in den Bergen, aber nie geht daraus hervor, ob bei einer solchen Gelegenheit Don Sebastián oder diese drei Deserteure beteiligt waren.«
Da kam Diego aus der Luke von Tunnel II heraufgestiegen. Er sah noch erbarmungswürdiger drein als in den beiden letzten Tagen. Peter und Bob starrten ihn entsetzt an.
»Ist was mit Pico?« rief Bob.
»Hat es was Schlimmes gegeben?« wollte Peter wissen.
»Nein, mit Pico ist nichts, aber was Schlimmes hat es schon gegeben. Schlimm für uns alle.«
Der völlig verstörte Junge zog seine nasse Jacke aus und setzte sich neben die beiden anderen dicht vor den glühenden Heizofen. Hoffnungslos schüttelte er den Kopf.
»Señor Paz hat unsere Hypothek an Mr. Norris überschrieben«, berichtete er.
»Also doch!« sagte Peter beklommen.
»Aber«, sagte Bob, »er hat doch versprochen, damit zu warten, bis –«
»Don Emiliano kann nichts dafür«, sagte Diego. »Er braucht sein Geld, und jetzt, wo Pico im Gefängnis sitzt, ist es ganz aussichtslos, daß wir in absehbarer Zeit Rückzahlungen leisten können. Und Pico braucht ja selber Geld für die Kaution und für einen Anwalt. Pico hat Don Emiliano aufgefordert, die Hypothek jetzt abzutreten.«
»Das tut uns leid, Diego«, sagte Bob leise.
»Verflixt«, sagte Peter, »dann sieht es aber hoffnungslos aus. Ohne neue Anhaltspunkte finden wir das Schwert auf keinen

Fall, und viel Zeit bleibt uns jetzt nicht mehr. Wie lange meint ihr, daß wir –«

Draußen vor der Schiebetür, die zum ›Roten Tor‹ führte, hörten sie es rappeln. Keuchend und durchnäßt kam Justus herein.

»Skinny hat mich beschattet!« verkündete der Erste Detektiv außer Atem, »aber ich bin ihm entwischt und hab' mich ungesehen durchs ›Rote Tor‹ geschlichen!«

»Weswegen war er hinter dir her?« wollte Diego wissen.

»Das hab' ich ihn nicht lange gefragt«, sagte Justus kurz. »Vielleicht hätte er Lust zum Reden gehabt, aber ich wollte so schnell wie möglich hierher und beim Quasseln mit Skinny keine Zeit verlieren. Freunde, ich habe herausgefunden –«

Es gab ein lautes Krachen, als irgend etwas Schweres in die Schrottberge vor dem Anhänger stürzte. Und dann krachte es in der Nähe, irgendwo draußen auf dem Schrottplatz, noch einmal. Skinnys Stimme drang von draußen durch den Regen zu ihnen:

»Ich weiß, du steckst hier in der Nähe, Dicker! Ihr alle seid irgendwo hier, wetten? Haltet euch bloß nicht für so schlau!«

Und wieder ein Gepolter! Skinny stand draußen auf dem durchweichten Schrottplatz und schleuderte schwere Gegenstände in den aufgehäuften Trödel. Er wußte, die drei ??? waren hier versteckt, doch den genauen Ort konnte er nicht ausmachen.

»Und so superschlau seid ihr nun mal nicht, kapiert?« schrie Skinny im Regen. »Jetzt haben wir eure mexikanischen Freunde kleingekriegt, ihr Besserwisser! Am Samstag übernehmen wir ihre Ranch! Habt ihr verstanden?«

Die vier Jungen im Anhänger sahen einander an. Doch nur Justus reagierte verblüfft. Die anderen hatten ihm noch nicht erzählt, daß Emiliano Paz die Hypothek jetzt abtreten würde.

»Na, dann bis Samstag!« brüllte Skinny. »Jetzt ist Schluß mit Trost und Rat für die armen Mexikanos! Jetzt spielt es keine Rolle mehr, was für phantastische Pläne ihr habt! Diesmal zieht ihr den kürzeren, ihr mit eurem Größenwahn!« Skinny lachte böse. »Also dann angenehme Ruhe, ihr Schwachköpfe, und träumt was Schönes!«

Sie konnten hören, wie Skinnys Lachen auf dem Schrottplatz allmählich verhallte. Dann prasselte nur noch der Regen auf das Dach des Anhängers.
Justus kochte vor Wut. »Skinny und sein bekloppter Cowboyheld! Der will uns doch bloß weismachen –«
»Nein«, sagte Diego. »Diesmal sagt er die Wahrheit, Justus.« Er berichtete dem Ersten Detektiv von Emiliano Paz und der geplanten Übereignung der Hypothek an Mr. Norris.
»Unsere nächste Tilgungsrate ist am Samstag fällig«, sagte Diego bedrückt. »Don Emiliano wäre mit einer Teilzahlung einverstanden, aber wenn wir Mr. Norris nicht die volle Summe zahlen, kann er zwangsvollstrecken und die Ranch sofort übernehmen.«
»Tja«, sagte Justus, »es sieht aus, als hätte Mr. Norris gewonnen.«
»Just!« rief Bob entsetzt.
»Du willst doch jetzt nicht einfach aufgeben?« rief Peter.
»Ich ... ich könnte es euch nicht übelnehmen«, stieß Diego hervor.
Justs Augen blitzten. »Ich sagte, *es sieht so aus,* als hätte Mr. Norris gewonnen! Das kann zur Folge haben, daß es jetzt niemand mehr für nötig hält, uns Steine in den Weg zu legen. Nur müssen wir die Zeit, die uns noch bleibt, jetzt bestens nützen – denn viel Zeit haben wir nicht mehr!«
»Nicht mehr viel Zeit«, beklagte sich Peter, »und nirgends können wir einhaken!«
»Da irrst du dich«, erklärte Justus. »Anhaltspunkte gibt es genug. Wir haben sie nur noch nicht systematisch ausgewertet. Und ich habe noch einen zusätzlichen Beweis dafür entdeckt, daß unsere Vermutungen zutreffen.«
Der Erste Detektiv zog einen Bogen Papier aus der Tasche. »Bob hatte recht mit seiner Vermutung, Don Sebastián könnte geplant haben, sich selbst mitsamt dem Schwert in den Bergen zu verstecken. Das hatte er vor, und das tat er auch.«
Er reichte Diego das Blatt. »Es ist spanisch geschrieben, Diego, und ich bin nicht sicher, ob ich alles richtig verstanden habe. Lies es uns mal auf englisch vor.«

Diego nickte. »Es stammt aus einem Tagebuch, nehme ich an. Das Datum ist der 15. September 1846. ›Heute nacht erreichte unsere kleine Gruppe von Vaterlandstreuen die Nachricht, daß der Adler ein Nest gefunden hat. Wir müssen nun zusehen, wie wir unseren hochedlen Vogel versorgen. Überall sind andere auf Raub aus, und es wird nicht einfach sein, aber vielleicht können wir nun endlich etwas tun!‹« Diego sah auf. »Du meinst, der Adler war Don Sebastián, Justus? Und diese Eintragung bedeutet dann, daß einheimische Verbündete entkommen sind und einen Plan gemacht haben, wie sie ihm nach seinem Rückzug in ein Versteck helfen konnten?«

»Da bin ich sicher«, sagte Justus. »Dieses Tagebuch stammt von dem spanischen Bürgermeister am Ort, einem persönlichen Freund der Familie Alvaro, und beim Lesen erfuhr ich, daß Don Sebastián in seiner Jugend den Spitznamen ›der Adler‹ hatte!«

»Aber«, sagte Bob mit einem Blick auf das Blatt mit der spanischen Schrift, »wie soll uns das weiterhelfen? Vielleicht habe ich nun doch recht, und Don Sebastián hat sich wie Cluny McPherson versteckt gehalten, aber dieser Eintrag gibt den Ort nicht an. Sind da noch spätere Vermerke im Tagebuch des Bürgermeisters, Just? Könnte uns das weiterhelfen?«

»Diese Niederschrift war die letzte Seite des Tagebuchs, Bob, und ein weiteres Tagebuch existiert nicht. Der Bürgermeister ist wenige Wochen später im Kampf gegen die vordringenden Besatzer gefallen. Da ist er wohl nicht mehr zum Schreiben gekommen.«

»Aber wenn Don Sebastián sich tatsächlich in den Bergen versteckt gehalten hat«, sagte Peter, »was ist dann aus ihm geworden? Vielleicht haben ihm seine Freunde geholfen, in eine andere Gegend zu entkommen, und da hat er das Schwert mitgenommen und ist nie mehr zurückgekehrt!«

»Das ist möglich, Peter«, räumte Justus ein. »Damit mußten wir von Anfang an rechnen, aber ich glaube nicht, daß es so gewesen ist. Sonst hätte es ganz bestimmt in all den Tagebüchern und Aufzeichnungen, die wir durchstöbert haben, irgendwelche Andeutungen darüber gegeben. Nein, Freunde, ich glaube nicht, daß Don Sebastián letzten Endes die Flucht geglückt ist. Ich vermute, es ist ihm draußen in den Bergen etwas zugestoßen, aber ich weiß nicht was, und ich glaube nicht, daß das damals überhaupt jemand zu Ohren gekommen ist! Ich glaube, das ist der Schlüssel zu dem ganzen Geheimnis – was ist nun tatsächlich aus Don Sebastián geworden?«

»Wenn die damals das nicht erfahren haben«, sagte Peter, »wie sollen wir es dann herausfinden?«

»Wir kriegen es heraus, Peter, weil wir ja wissen, was für ein Versteck er im Sinn hatte!« erklärte Justus. »Aus seinem Brief haben wir es doch erfahren – mit der Angabe ›Condor Castle‹! Ich bin überzeugt, die Lösung finden wir da draußen bei dem großen Felsen. Dort ist irgend etwas, das wir übersehen haben, und morgen, gleich nach der Schule, gehen wir hin. Und wir finden es!«

Das Versteck

Als an diesem Donnerstag die Schule zu Ende war, hatte der Regen ein wenig nachgelassen, und die vier Jungen kamen auf der Fahrt zu der Hacienda-Ruine flott voran. Wachsam und sorgfältig hielten sie nach den drei Cowboy-Vagabunden Ausschau.

Der unbefestigte Fahrweg ins Bergland war nach einer vollen Woche Regen ein einziger Morast, und da ließen sie ihre Fahrräder unter einem notdürftigen Schutzdach aus verkohlten Brettern stehen. Bob hatte Werkzeug und eine Stablampe in seiner Satteltasche mitgebracht, und die nahm er vom Fahrrad und hängte sie sich an den Gürtel. Dann gingen die Jungen zu Fuß los, zum Staudamm und zu dem Felsen Condor Castle hinauf.

»Wenn es wieder zu schütten anfängt, müssen wir eben zurückschwimmen«, maulte Peter.
Sie bogen vom Weg ab und gingen, wo es sich machen ließ, durch den Chaparral und auf steinigem Boden, damit ihre Schuhe nicht immer wieder im Schlamm hängenblieben. Als sie dicht vor dem hohen felsigen Bergkamm Condor Castle waren, entdeckten sie, daß im Arroyo viel Wasser stand und sie nicht hinüberkamen. Sie mußten um sein Ende herumgehen, um auf den Felsen zu gelangen, und so stiegen sie über den wallähnlichen Hügel, der den Arroyo vom Santa Inez Creek trennte.
Eine Menge Gebüsch war aus dem aufgeweichten Erdreich des Hügels herausgeschwemmt worden. Mühsam durch den Schlamm stapfend, erreichten die Jungen den Berg, und auch dort sanken sie beim Ersteigen des Hanges tief ein.
Vom Gipfel des gewaltigen Felsens Condor Castle hatten die vier Jungen einen eindrucksvollen Ausblick. Oberhalb des Staudammes war der Santa Inez Creek weit über die Ufer getreten und hatte das verbrannte Grasland überflutet. Am Damm strömte das Wasser nicht nur durch das Schleusentor in der Mitte, sondern auch über die ganze Länge der Mauer stürzte es in mächtigem Schwall in die Tiefe. Unten an der Staumauer schäumte und wogte der Fluß gegen den Hügel am Fuß des Berges und floß dann in reißendem Strom hinunter zur Landstraße, auf den fernen Ozean zu.
Aber Justus war nicht der beeindruckenden Aussicht wegen hergekommen. »Wo könnte hier ein Mann untertauchen«, sagte er mit einem Blick in die Runde, »verhältnismäßig gut geschützt, einigermaßen komfortabel und für eine lange Zeit – falls er Freunde hatte, die ihm dabei halfen?«
»Nicht auf diesem Berg, das steht fest«, sagte Peter. »Wir haben ihn ja gestern gründlich abgesucht und nicht mal eine Spalte gefunden.«
»Gibt es hier irgendwelche Höhlen, Diego?« fragte Bob.
»Nicht daß ich wüßte«, sagte Diego. »Höchstens weit hinten im Gebirge.«

»Nein.« Justus schüttelte den Kopf. »Ich bin überzeugt, der Ort ist hier ganz in der Nähe.«
»Vielleicht ist die Staumauer hohl«, meinte Peter.
»Du hast vielleicht Nerven«, sagte Bob.
»Vielleicht«, sagte Justus, »gibt es irgendwo versteckt einen unbekannten Canyon, wo sich ein Zelt oder ein Unterstand hätte aufstellen lassen?«
»Nein, so was gibt es hier in der Gegend nicht, Just«, sagte Diego. »Das Bergland hier kenne ich ganz genau.«
»Und wie ist es mit Häusern? Wo früher die Landarbeiter wohnten?« wandte Bob ein. »Don Sebastián muß doch Arbeitskräfte gehabt haben.«
»Ja«, stimmte Diego zu, »aber all die Häuser waren weiter unten in der Nähe der Straße, auf gutem Boden. Und sie stehen auch gar nicht mehr.«
»Diego –« sagte Peter. »Wohin führt eigentlich die andere Abzweigung bei der Gabelung an eurem Feldweg? Die, die nicht zum Staudamm geht?«
»Noch ein Stück weiter in die Berge, und dann macht der Weg eine Biegung und mündet auf dem Land von Señor Paz wieder in die Landstraße.«
Peter zeigte zum anderen Ende des Arroyo, weit vom Staudamm und vom Fluß entfernt. »Stößt der Fußweg dort drüben auf diese andere Abzweigung?«
»Fußweg?« Justus kniff die Augen zusammen und suchte angestrengt in der Richtung, wo Peter hinzeigte.
»Ja, da drüben. Er zweigt vom Feldweg ab und führt dann hinter diesem kleinen Berg vorbei.«
Nun sahen sie alle den schmalen Pfad, der durch den Chaparral schnitt und in einem kleinen Eichengehölz am Hang eines niedrigen Berges verschwand.
»Die Hütte!« rief da Diego. »An die hatte ich gar nicht gedacht! Da hinten ist ein Schuppen, wo sich früher die Viehtreiber am Rand des Weidelands aufhalten konnten. Einfach aus Brettern und Wellblech zusammengenagelt. Ich war schon lange nicht mehr dort.«

»War die Hütte zu Don Sebastiáns Zeit schon da?« fragte Justus.
»O ja. Jedenfalls hat mir Pico erzählt, dort sei schon immer so eine Hütte gestanden. Ganz früher war es ein Bau aus Lehmziegeln«, erklärte Diego.
»Fast verborgen, kaum benutzt, und den Fußpfad, der hinführt, kann man von Condor Castle aus überblicken!« rief Justus und starrte über den Arroyo hin. »Das könnte die Stelle sein!«
Sie stiegen von dem mächtigen Felsen herunter. Als sie am Fuß des Berges den auslaufenden Hang hinunterstiegen und den Hügel oberhalb des Arroyo überquerten, sanken sie tief in den aufgeweichten Boden ein.
Besorgt schaute Justus zu dem überfluteten Staudamm zurück. »Hoffen wir, daß der Damm halten wird«, sagte er. Der recht unsportliche Erste Detektiv war nicht gerade ein Weltklasse-Schwimmer.
»Der hat bisher immer gehalten«, sagte Diego. »Na ja, ziemlich alt ist er schon.«
»Hört sich ja vertrauenerweckend an«, murmelte Peter.
Auf der anderen Seite des schlammbedeckten Fahrwegs folgten die Jungen dem schmalen Pfad durch das Eichengehölz und den dichten Chaparral. Da der Weg nicht mehr benutzt wurde, war er völlig überwachsen. Der Pfad führte quer über einen felsigen Hügel und dann in einen kleinen Canyon zwischen zwei höheren Bergen. An diesem grauen Tag lag der Canyon düster und umschattet da.
»Dort, Freunde!« Diego streckte die Hand aus.
Eine kleine windschiefe Hütte schmiegte sich unter einen großen überhängenden Felsen, fast unsichtbar hinter Bäumen und hohem Buschwerk. Das Flachdach war aus dünnem verrostetem Blech, und die Wände waren aus roh zubehauenen Planken mit klaffenden Ritzen dazwischen. Die Tür löste sich aus dem Rahmen, als Diego sie öffnete, und stürzte in einer Staubwolke zu Boden. Der schützende Felsüberhang hatte die Hütte und das umgebende Erdreich trocken gehalten.
Das Innere war ein einziger kleiner Raum mit einem Lehmbo-

den. Einfache Holzpfosten hielten die Planken zusammen, die die Außenwände bildeten, und das Blechdach ruhte unmittelbar auf dünnen freistehenden Balken. Es gab keinen Stromanschluß, kein Fenster, keine Wasserleitung. Möbel gab es auch nicht, nur einen rostigen alten Ofen, der einst Wärme gespendet hatte.

»Großartig – und hier soll sich jemand ein paar Jahre lang verstecken?« meinte Peter. »Ich hätte das keine zwei Tage ausgehalten!«

»Nun stell dir mal vor, Peter, es sind Soldaten hinter dir her, und du hast ein wertvolles Schwert, das man dir klauen will«, bemerkte Justus. »Aber zugegeben, ziemlich leer ist das hier schon.«

»Leer ist gar kein Ausdruck«, sagte Bob. »Keinen Schrank, keine Kammer, keine Nischen, keine Winkel! Hier kann man doch nichts verstecken.«

»Also wirklich«, sagte Diego mit einem Blick auf die kahlen, unverputzten Wände und die Decke. »Bob hat recht. Hier gibt es kein Versteck.«

»Und der Fußboden?« meinte Peter. »Vielleicht hat Don Sebastián das Schwert hier vergraben, ohne die Stelle zu kennzeichnen.«

Justus schüttelte den Kopf. »Nein, wenn er das Schwert hier drin vergraben hätte, dann hätte man das noch lange Zeit hinterher am aufgeworfenen Erdreich merken können. Ich glaube nicht, daß er dieses Risiko eingehen wollte. Aber –«

Der Erste Detektiv sah sich nachdenklich den rostigen alten Ofen an. Das Rohr führte durch das Blechdach ins Freie, und die Füße standen auf einem Steinsockel.

»Was meint ihr«, sagte Justus, »ob sich der Ofen da leicht von der Stelle bewegen läßt?«

»Probieren wir's aus«, sagte Peter.

Der starke Zweite Detektiv gab dem Ofen einen Stoß. Er war schwer und massiv, aber er ließ sich wegrücken. An der Steinplatte unten war er nicht festgemacht.

Das Rohr war mit einem kurzen Verbindungsstück oben am

Ofen angeschlossen. »Zieh mal das kurze Stück da heraus«, gebot Justus.
Peter rüttelte an dem kurzen Rohrstück.
»Mann, das Ding ist total eingerostet«, sagte er.
»1846 war es bestimmt noch nicht«, rief Justus. »Mach es eben ab, wenn's nicht anders geht.«
Mit Hilfe einiger Werkzeuge aus Bobs Satteltasche brach Peter das rostige Ofenrohr dicht über dem Ofen los, und dann hievten die vier Jungen gemeinsam den Ofen von seiner Bodenplatte. Peter kniete nieder und versuchte den Sockel wegzurücken.
»Uff«, stöhnte er. »Der ist zu schwer, Just.«
»Da drüben«, Diego zeigte zu einer Wand. »Der dicke Balken da könnte locker sein.«
Justus half Diego, den Balken von der Wand loszureißen, während Bob und Peter den Ofen dicht an den Sockel wälzten. Peter grub den Boden neben dem Sockel auf, bis er sehen konnte, wie dick die Platte war, und dann hob er ein Loch aus, das genügend groß war, damit sich ein Ende des Balkens unter den Sockelrand schieben ließ. Die Mitte des langen Balkens ruhte nun als Hebeldrehpunkt auf dem Ofen, und die vier Jungen drückten mit ihrem ganzen Gewicht das Balkenende nieder.
Die flache Steinplatte schnellte jäh hoch, stürzte zur Seite um und gab den Blick in eine kleine tiefe Höhlung frei! Diego beugte sich über das dunkle Loch. »Ich seh' was!« rief er, noch ehe Bob seine Stablampe angeknipst hatte.
Er griff in das Loch hinein, so tief er konnte, und zog ein paar Stücke zerfasertes Seil heraus, dann noch ein Stück festes Papier, vor Alter ganz vergilbt, und ein langes, zusammengerolltes Stück Segeltuch, das über und über mit Teer abgedichtet war. Diego sah sich den vergilbten Bogen Papier an.
»Das ist Spanisch«, sagte er. »Freunde! Das ist eine Verordnung der US-Armee vom 9. September 1846! Etwas über Verhaltensmaßregeln für die Bevölkerung.«
»Das Tuch mit dem Teer dran hat genau die Größe, daß man darin ein Schwert einwickeln könnte«, stellte Justus fest.

Mit zitternden Händen begann er den Stoff zu entrollen.
»Leer!« sagte Peter enttäuscht. Die Segeltuchrolle enthielt nichts.
»Diego, gibt es da unten noch was anderes?« fragte Justus.
Bob hielt die Lampe über das Loch, während Diego hinunterschaute und mit der Hand darin herumtastete.
»Nein«, sagte Diego, »da ist nichts, was ich ... Halt! Hier habe ich etwas! Es ist ... ach, nur ein Steinchen.«
Niedergeschlagen zog Diego die Hand heraus und öffnete sie. Darin lag ein staubbedeckter kleiner Stein. Er rieb ihn an seinem Hemd sauber. Und da war das rechteckige Steinchen von tiefem, funkelndem Grün!
»Ist das etwa ...?« fing Bob an.
»Ein Smaragd!« rief Justus. »Das Schwert des Cortez muß in diesem Loch gewesen sein! Hier muß es Don Sebastián also versteckt haben. Als ihm dann die Flucht vor Feldwebel Brewster gelungen war, holte er das Schwert und versteckte es wieder an einem anderen Ort. Vielleicht hatte jemand mitbekommen, daß das Schwert hier war, oder vielleicht glaubte er nur, diese Hütte sei doch nicht sicher genug.«
»Womit er recht hatte«, sagte Bob. »Wir haben das Versteck ja ziemlich schnell gefunden.«
»Jedenfalls würde er aber nicht versucht haben, sich selber hier draußen zu verbergen«, sagte Diego. »Sein Versteck kann es nicht sein.«
»Nein«, bestätigte Justus, »aber der Smaragd bedeutet, daß wir der Sache näherkommen. Wir wissen jetzt, daß Don Sebastián das Schwert hier draußen verwahrt hatte. Es wurde also nicht zu ihm in die Gefangenschaft geschmuggelt. Brewsters Darstellung des Sachverhalts enthält eine weitere Lüge. Denn das Schwert war hier, bis es Don Sebastián in jener Nacht holen kam und noch einmal ein neues Versteck wählte! Er versteckte das Schwert und sich selber, und das alles mußte schnell gehen.«

Es ist wohl eindeutig anzunehmen, daß Don Sebastián für sich selbst und für sein Schwert verschiedene Verstecke wählte, aus Sicherheitsgründen. Laßt euch die bisherigen Hinweise im Buchtext und das, was ich listig-hinterlistig schon andeutungsweise verraten habe, noch einmal durch den Kopf gehen!

»Just –«, sagte Peter plötzlich. »Was hört man denn da?«
Sie horchten. Von draußen drang ein lautes trommelndes Geräusch herein, fast ein Brausen wie von einer Lawine.
»Der Regen!« rief Bob. »Das klatscht ja richtig – nur nicht hier unter dem überhängenden Felsen. Leute, das ist ja eine wahre Sintflut.«
»Nein«, sagte Peter. »Ich höre noch was anderes. Hört ihr's nicht?«
Justus schüttelte den Kopf, und Bob zuckte die Achseln. Aber Diego hörte es auch.
»Stimmen!« flüsterte er. »Draußen ist jemand.«
Sie schlüpften zur Tür hinaus und verkrochen sich hinter dem dichten Gebüsch, das die Hütte umgab. Die drei vagabundierenden Cowboys überquerten im strömenden Regen den kleinen Canyon. Ihre Stimmen hallten durch das Prasseln herüber.
». . . hab' ich sie hierher kommen sehen, Cap. Vier waren es.«
». . . bleiben wir mal auf dem Weg hier.«
Die Männer kamen an der Hütte vorüber, ohne die Jungen unter dem weit überhängenden Felsen zu sehen, und verschwanden um den nächsten Hügel. Justus stand auf.
»Die kommen sicher nicht wieder«, meinte er. »Jetzt gehen wir zu Condor Castle zurück, ehe sie uns finden. Kommt mit.«
Aber diesmal hatte Justus sich geirrt! Die Jungen gingen gerade durch den Canyon, als hinter ihnen jemand rief:
»He – ihr da!«
Da brauchten die Jungen wahrhaftig keine besondere Einladung zum Loslaufen!

Schlammlawinen!

Die Jungen sprangen von dem schmalen, überwachsenen Fußpfad auf den schlammbedeckten Fahrweg und blieben stehen. Außer Atem schauten sie nach rechts und links und wußten nicht, wohin sie sich wenden sollten!

»Wenn wir den Weg hinunterlaufen«, sagte Peter, »erwischen uns die Burschen womöglich, ehe wir zur Landstraße kommen!«

»Aber wenn wir versuchten, auf den Berg zu klettern, würden sie uns sofort sehen«, sagte Bob.

»Und den Weg über den Staudamm können wir auch nicht nehmen«, setzte Diego hinzu. »Da steht alles unter Wasser – wir würden glatt über die Mauer geschwemmt!«

Jede Entscheidung war ihnen verbaut, und wie gelähmt standen die Jungen im strömenden Regen auf dem Weg.

Hinter ihnen brachen die drei Verfolger durch das dichte Buschwerk, fluchend und schimpfend, wenn sie sich gegenseitig anrempelten. Deutlich war die unbeherrschte Stimme des schwarzhaarigen Cap zu hören, der die anderen zur Eile antrieb.

»Los!« rief Peter. »Wir versuchen den Weg hier entlang!«

»Nein«, befahl Justus. »Hinunter in den Arroyo! Und vor bis zum Ende, beim Staudamm! Die denken bestimmt, das ist uns zu mühsam – also machen wir genau das!«

Kurz entschlossen sprangen die vier Jungen in den Arroyo hinunter. Sie hielten sich an der Seitenwand fest und versuchten, sich oberhalb des Wassers zu halten, das die tiefe Schlucht jetzt fast ganz füllte. Von den steil abfallenden Ufern und dem dichten Gestrüpp verborgen, begannen sie sich zum Staudamm hin vorzuarbeiten.

Oben auf dem Feldweg patschten schwere Stiefel durch den Schlamm. Mit laut pochendem Herzen preßten sich die Jungen flach gegen das steile Ufer des Arroyo, stumm und reglos im Schutz des dichten Chaparral. Drei brutale Stimmen redeten zornig gegeneinander an, fast unmittelbar über ihren Köpfen!

»Wo zum Teufel sind die bloß hin?«
»Diese elenden Lausebengel!«
»Meinst du, die haben tatsächlich die Schlüssel?«
»Klar haben sie die! Sie sind doch davongelaufen, oder nicht, und dort in der Scheune waren keine Schlüssel mehr zu finden!«
»Du, Cap – vielleicht sind sie zum Damm gelaufen?«
»Stell dich nicht dümmer als du bist, Tulsa. Auch solche kleinen Draufgänger würden es sich nicht trauen, jetzt auf dem Damm rüberzugehen!«
»Am Berg drüben sind sie aber nicht, also müssen sie den Weg langgegangen sein. Kommt mit!«
Die Stiefeltritte stapften im schmatzenden Schlamm davon, in Richtung Hacienda und Landstraße. Unten im Arroyo warteten die Jungen schweigend im rinnenden Regen.
»Jetzt sind sie weg«, sagte Bob endlich erleichtert.
»Dann gehen wir lieber auch«, meinte Diego. »Das hier taugt nichts als Versteck.«
»Aber wohin gehen wir?« fragte Peter. »Den Feldweg haben sie uns versperrt, den Damm können wir nicht überqueren, und früher oder später kommen die hier wieder an.«
»Vielleicht«, sagte Justus, »gibt es eine Stelle beim Damm, wo wir uns verstecken können, bis wir sicher sind, daß sie endgültig weg sind. Und wenn wir nichts finden, dann gehen wir über den niedrigen Hügel. Hier kommen wir ungesehen auf die andere Seite des Berges, und können uns dann hinter Condor Castle verstecken. Auf jeden Fall sind wir im Arroyo nicht sicher. Die Burschen brauchen bloß mal über das Ufer hinunterzuschauen, und schon sehen sie uns.«
Die vier Jungen hielten sich ganz dicht am Ufer, um weiterhin vom Weg oben nicht gesehen zu werden. So arbeiteten sie sich im Arroyo vor, bis sie sein Ende erreicht hatten. Jetzt konnten sie auf der anderen Seite des niedrigen Hügels, der den Arroyo vom Santa Inez Creek schied, das Wasser über den Damm rauschen hören.
»Sucht nach einer geeigneten Stelle hinter einem Felsen oder

einem Einschnitt in der Uferwand oder einem Überhang«, sagte Justus.
Eng ans Ufer gepreßt, suchten die Jungen mit den Blicken das Ende des Arroyo ab.
»Mann, Just, hier im Arroyo gibt es einfach kein sicheres Versteck für uns, höchstens wenn wir untertauchen!« rief Peter. »Ich seh' nicht mal ein Mauseloch!«
»Vielleicht gibt es auf der anderen Seite des Weges ein paar Felsen, hinter denen wir uns verstecken können«, sagte Diego, und er reckte den Kopf aus der Schlucht. »Freunde!« Der schlanke Junge duckte sich flink wieder gegen die Uferwand. »Ich hab' sie gesehen! Oben auf dem Weg! Die Kerle sind wieder im Anmarsch!«
Die Jungen preßten sich flach gegen das steile Ufer des tief eingeschnittenen Arroyo und dämpften die Stimme zu heiserem Flüstern.
»Ob die uns gesehen haben?« fragte Bob.
»Glaube ich nicht«, sagte Diego.
»Wo waren sie denn auf dem Weg oben?« wollte Justus wissen.
»Etwa da, wo der Fußpfad einmündet«, flüsterte Diego. »Da wo wir in den Arroyo heruntergestiegen sind.«
»Vielleicht gehen sie zu der Hütte«, sagte Peter.
»Nein«, sagte Justus entschieden. »Die kommen bestimmt her, um jetzt den Damm abzusuchen. Wir sitzen hier fest. Wollen wir hoffen, daß sie nicht auch noch auf die Idee kommen, hier im Arroyo nachzusehen!«
Während die Wassermassen über die Staumauer rauschten, mußten die Jungen angestrengt horchen, ob sie die Cowboys näher kommen hörten. Schließlich drangen Stimmen zu ihnen.
». . . wenn wir sie am Damm nicht sehen, dann kommen wir eben nochmal hierher und klopfen die Büsche im Graben ab!«
»Au Backe – da wären wir geliefert!« flüsterte Justus. »Wir müssen schnellstens hier raus. Hört mal, sobald diese Burschen an uns vorbei und hinter dem Hügel außer Sicht sind, krabbeln wir hier heraus und über den Hügel, so schnell wir können, und

auf der anderen Seite wieder herunter. Dann können wir es oben auf den Berg beim Flußufer schaffen und hinter Condor Castle Schutz suchen!«
»Aber Just«, wandte Peter ein, »oben auf dem Bergkamm stehen wir doch im Freien!«
»Weiß ich, aber nur ein paar Augenblicke lang. Wenn wir Glück haben, schauen die Männer sich nicht mehr um, bis sie den Damm erreicht haben. Und bis dahin können wir hinter den Felsen oben auf dem Berg sicher sein.«
Peter schüttelte den Kopf zu Justs kühnem Plan, aber die Zeit war zu knapp, um etwas Besseres auszudenken. Auf dem Weg gingen die drei Cowboys jetzt genau in Höhe des Verstecks der Jungen vorüber. Sie stritten noch immer mit lauter Stimme herum. Vorsichtig spähte Justus über den Rand des Arroyos. Als die Cowboys hinter dem Hügel entschwanden, sagte der Erste Detektiv: »Jetzt!«
Auf allen vieren krochen die Jungen aus dem Arroyo und den niedrigen Hügel hinauf. Sie sanken in den völlig aufgeweichten Erdboden ein und zogen im Vorwärtsgehen Büsche mitsamt den Wurzeln heraus. Sie hatten das Gefühl, als hefteten sich sämtliche Augen der Welt an ihren schutzlosen Rücken. Aber hinter ihnen blieb alles ruhig, als sie über die höchste Stelle des Hügels hasteten und auf der anderen Seite hinunterrutschten, zum Ufer des angeschwollenen Flusses hin.
»Geschafft!« triumphierte Peter.
»Jetzt hoch zum Berg!« drängte Justus. »Lauft ganz geduckt, so tief es geht!«
In gebückter Haltung huschten sie wie Krabben über den weichen, glitschigen Erdhügel. Zweimal rutschten Justus und Bob aus und fielen längelang hin, und einmal wäre Diego beinahe in den tosenden Fluß gestürzt. Schlammbedeckt liefen sie mühsam weiter, und Peter, der sicherer zu Fuß war, mußte helfen. Schließlich hatten die Jungen die steile, felsigere Flanke des hohen Bergrückens erreicht.
Stolpernd kletterten sie hinauf in den Schutz des großen Felsens

von Condor Castle, wobei sich ein Hagel loser Steine aus dem Hang löste.
Da tönten hinter ihnen Rufe über das Tosen des Flusses hinweg!
»Cap! Da drüben!«
»Auf dem Berg oben!«
»Das sind sie! Los, die schnappen wir uns!«
Die Jungen am Steilhang erstarrten und schauten zurück. Die drei finsteren Gestalten waren vom Weg abgegangen und standen dicht beim Damm.
»Jetzt haben sie uns doch gesehen!« stieß Diego entsetzt hervor.
»Da ist nichts mehr drin!« rief Peter.
Und solange die Jungen noch hinschauten, begannen die drei Cowboys von der Ecke der Staumauer über den niedrigen, schlammbedeckten Hügel zum Berghang hinzulaufen.
»Was machen wir jetzt, Just?« rief Bob. »Jetzt haben sie uns doch noch in die Enge getrieben!«
»Ich . . . ich . . .« Justus wußte auch nicht mehr weiter.
Da erfüllte ein seltsamer Laut die Luft und übertönte den strömenden Regen und das stetige Brausen des Flusses – ein Brüllen, das mit jeder Sekunde lauter zu werden schien. Es kam von irgendwo oberhalb des Dammes, von dem Hochwasser führenden oberen Teil des Flusses, und es näherte sich mit Getöse.
Auf halbem Weg über dem Erdhügel zwischen Damm und Berg blieben die drei Cowboys stehen und horchten auch.
»Da – seht!« schrie Peter entsetzt.
Eine Flutwelle, eine Wasserwand ragte hoch auf, drei Meter über dem Damm!
»Weiter oben muß was eingebrochen sein!« rief Diego.
Buschwerk, Äste, Felsblöcke und ganze entwurzelte Bäume mit sich reißend, ergoß sich die gewaltige Flutwelle über den Staudamm und stürzte tosend nieder in den schon genug aufgewühlten Strom im unteren Flußbett. Der felsige Bergrücken, auf dem die Jungen standen, schien zu erzittern. Am gegenüberliegenden Flußufer riß abrutschendes Erdreich Büsche und Bäume in die Flut hinab.

»Freunde! Jetzt kommen sie wieder her!« schrie Diego entsetzt. Die Cowboys rannten über den Hügel auf sie zu. Die Jungen ergriffen die Flucht, hielten aber jäh inne, als sie den langgestreckten Hügel unten in zwei Hälften aufreißen sahen! Eine gewaltige Masse schlammigen Erdreichs rutschte hinunter in den schäumenden Fluß – und riß die drei Cowboys mit! Armeschwenkend, schreiend und fluchend, halb schwimmend und halb an Trümmer geklammert, wurden die Männer in dem reißenden Strom flußabwärts mitgeschwemmt.
»Jetzt sind sie bedient!« jubelte Bob.
»Abwarten«, wehrte Justus ab. »Die krabbeln weiter unten wieder heraus, und dann sind sie genau zwischen uns und der Landstraße! Los, vorwärts!«
Peter lief voraus, bergan zum großen Felsen von Condor Castle. Sie kletterten darüber weg und auf der anderen Seite wieder abwärts. Von beiden Berghängen waren vom Dauerregen Schlamm- und Gesteinsmassen zu Tal gerutscht, und unterhalb Condor Castle ragten jetzt noch mehr Felsbrocken und vorspringende Felsen aus dem Erdreich.
»Mann, da gehen überall Schlammlawinen ab!« rief Peter, als er den anderen voran am steilen, schlüpfrigen Hang hinunterkletterte.
Der sportliche Zweite Detektiv sprang mit einem Satz über eine lange Reihe herausragender Steinbrocken. Die anderen kletterten gemächlicher über die Steine hinter ihm her – und blieben in jähem Entsetzen stehen.
Peter war nicht mehr da!

Das Nest des Adlers

Peter war wie vom Erdboden verschluckt!
»H-Himmel!« stammelte Diego. »Wo ist er denn hin?«
»Peter!« rief Bob.
»Kollege! Wo bist du?« rief Justus in höchster Aufregung.
Angstvoll suchten sie mit den Blicken den Hang ab, aber nichts rührte sich. Dann horchten sie angestrengt, und schließlich hörten sie etwas. Eine Stimme, die aus dem Nichts zu kommen schien!
»Freunde! Hier unten!«
Es war Peter – aber die dumpfe Stimme schien geradewegs aus dem Innern des Berges zu dringen!
»Wo bist du, Peter?« rief Diego.
»Hier unten! Ihr müßt genau vor diesen großen Steinen schauen!«
Die drei Jungen sprangen weiter hinunter, vor die aus der Erde ragenden Steinbrocken, und sahen im Berghang ein langes, schmales Loch! Eine Spalte, die fast unsichtbar war, bis man unmittelbar darüberstand! Vorher war sie noch nicht dagewesen.
»Das Loch muß ein Erdrutsch aufgerissen haben!« stellte Bob fest.
Justus bückte sich zu der langen, schmalen Spalte im Berg.
»Peter? Du schaffst es wohl nicht alleine heraus?«
»Ich will ja gar nicht hier raus!« kam die Stimme des Zweiten Detektivs aus dem Loch. »Das ist eine Art Höhle, Just! Hier unten liegen lauter lose Steine herum. Wir könnten die Öffnung verbarrikadieren, und die drei Cowboys würden uns dann nie entdecken! Kommt herunter, los.«
Die drei Jungen am Hang schauten einander an.
»Na ja . . .« Justus zögerte noch.
»Schnell, kommt!« drängte Peter. »Hier unten ist es trocken, und es hat viel Platz, und die Burschen können doch jeden Augenblick wiederkommen!«

Das gab für die anderen drei den Ausschlag. Bob ließ sich als erster durch die enge Öffnung hinuntergleiten. Justus folgte nach, heftig stöhnend vor Mühsal. Und dann blieb der wohlgepolsterte Erste Detektiv auf halbem Weg in dem Loch stecken!
»Ich ... ich pass' da nicht rein ...«, sagte er mit gerötetem Gesicht.
Aus dem Innern der Höhlung sagte Bob: »Diego, schieb du mal von hinten! Und wir ziehen!«
Justus fühlte sich an den Beinen gezogen, und draußen am Berg packte Diego seinen stämmigen Freund an den Schultern und drückte ihn hinunter. Mit hörbarem Geräusch, ähnlich dem Knallen eines Flaschenkorkens, rutschte Justus hindurch und verschwand unten. Als letzter sprang Diego in das Loch.
Bob hatte in der dunklen Höhle schon seine Taschenlampe angeknipst.
»Mann«, sagte Diego, während er sich umsah. »Wußte ich ja gar nicht, daß hier eine Höhle ist.«
Die Lampe beleuchtete einen engen Felsenkeller, etwa so groß wie eine Garage, mit niedriger Decke und über den Boden verstreutem losem Gestein und Geröll. Trotz des heftigen Regens, der jetzt in die Öffnung fiel, war die Höhle noch trocken. Anscheinend war sie erst ganz kurze Zeit nach außen offen.
»Leuchte mal herum«, sagte Justus zu Bob.
Die enge, niedrige Höhle erstreckte sich vier oder fünf Meter nach hinten und endete an einem Haufen loser Steine, der sich bis zur Decke türmte. Justus untersuchte den Ausgang ins Freie und nickte langsam.
»Sieht aus, als sei die Höhle irgendwann mal zugeschüttet worden, wahrscheinlich bei einem Erdbeben. Dabei sind große Steine heruntergerollt, in die –«
»Egal, wie sie zugeschüttet wurde«, sagte Peter aufgeregt.
»Jedenfalls hat ein Erdrutsch sie wieder aufgemacht, und jetzt könnten die Cowboys das Loch ebenso leicht finden wie wir! Wir sollten es zubauen!«
»Steine liegen ja hier haufenweise herum«, meinte Diego.

Die vier wälzten und schleppten die schwersten Steine heran, die sie zu bewegen vermochten, und endlich hatten sie das graue Licht des späten Nachmittags ausgesperrt. Nun konnte auch kein Regen mehr in den Höhleneingang eindringen. Die vier Jungen lehnten sich zurück und sahen sich hochgestimmt an.
»Wir warten ein paar Stunden«, bestimmte Justus. »Bis dahin müßte den Cowboys die Lust vergangen sein, und sie sind endgültig weg.«
»Ich frage mich immer noch, was das bloß für Typen sind«, meinte Bob dazu.
»Da muß es irgendeine Verbindung zu Mr. Norris geben«, sagte Diego empört. »Oder weshalb hätten sie sonst Picos Hut gestohlen und ihn am Feuer hingelegt?«
»Falls sie das überhaupt waren«, sagte Justus. »Wir wissen nur, daß sie ganz verzweifelt nach den Autoschlüsseln suchten, die Bob und Peter in der Scheune gefunden hatten. Wieso haben wir sie eigentlich nie mit einem Auto gesehen?«
»Auf alle Fälle«, sagte Peter, »wollen sie die Schlüssel unbedingt wiederhaben, also müssen die Schlüssel belastendes Material sein, für irgendwas ganz Übles.«
»Ja«, bestätigte Justus. »Vielleicht haben sie –«

– vielleicht haben sie noch einen Komplizen, um dessen Schlüssel es sich hier handelt?

»Ju- Ju- Just!« Bob versagte die Stimme. Gerade leuchtete er mit seiner Stablampe den Haufen Steine hinten in der Höhle an.
»Der Stein da . . . der Stein«, fuhr Bob fort. »Der hat ja . . . der hat –«
»Augen!« würgte Diego hervor. »Augen und . . . Zähne!«
»Ein Totenschädel!« flüsterte Peter mit zitternder Stimme.

Justus starrte auf den Haufen Steine. Er blinzelte, und dann leuchteten seine Augen auf. Er lief hin.
»Tatsächlich, ein Schädel!« sagte er. »Wir wollen da mal ein wenig buddeln, Freunde!«
Peter sagte voll Unbehagen: »Und da liegen noch mehr Knochen! Da muß bei dem Erdbeben hier drin jemand begraben worden sein!«
»Unter den Steinen liegt irgendwelcher Stoff«, rief Bob.
»Ein Knopf!« sagte Diego. Er hielt ein rundes Stückchen schwarz angelaufenes Messing hoch. »Das ist ein Uniformknopf der amerikanischen Armee!«
»Dieser Mann wurde aber hier unten nicht verschüttet – zumindest nicht lebendig!« rief Justus. »In der Schädeldecke ist ein Loch! Der Mann wurde erschossen!«
Aufgeregt sah der Erste Detektiv die anderen an. »Ich glaube, wir haben das Nest des Adlers gefunden! Das Versteck, das sich Don Sebastián ausgesucht hat – mit dem Schwert des Cortez! Eine Höhle genau unter Condor Castle – das paßt zu allen Anhaltspunkten, die wir gesammelt haben! Und José hat sie bestimmt gekannt!«
Diego fragte: »Du meinst, der Soldat hier ist einer der drei, die hinter meinem Ururgroßvater her waren?«
»Ja, das meine ich«, sagte Justus. »Und ich meine, in dieser Höhle muß sich noch mehr finden lassen!«
»Der Haufen Steine da ist locker aufgeschüttet«, sagte Peter nach einem Versuch. »Vielleicht hat er einen Teil der Höhle abgeschnitten, als der Eingang von draußen versperrt wurde?«
Justus nickte. Diesen Eindruck hatte er auch.
Peter stöhnte. »Na gut, dann fangen wir eben an zu buddeln!«
Flugs machten sich die Jungen ans Werk. Sie zerrten die aufeinandergestürzten Steine einzeln weg und warfen sie zur Seite. Es war mühsame, langwierige Arbeit. Je mehr Steine sie wegzogen, um so mehr rückten nach und füllten die Lücken wieder auf. Aber langsam und stetig kamen die Jungen voran. Die Mauer aus losem Gestein begann sich zu lichten, und dann . . .

»Ich seh' eine Lücke!« rief Bob. Er leuchtete mit seiner Taschenlampe hin. »Ja! Da ist eine Art Gang hinter dem Steinhaufen!« Sie rückten noch mehr Steine weg und enthüllten einen dunklen, finsteren Gang, gerade weit genug, um Justus noch hindurchzulassen. Mit seiner Lampe kroch Bob als erster in den dunklen Gang. Er führte geradeaus nach hinten weiter. Ein paar Minuten später fand sich Bob in einem Höhlenraum, etwa dreimal so groß wie die kleine Kammer weiter vorn.

»Das ist ja eine richtig große Höhle!« sagte Diego, als er aus dem Gang hervorkroch und sich aufrichten konnte.

Die größere Höhle war fast doppelt so hoch wie die äußere Kammer, mit senkrechten, glatten Wänden aus massivem Gestein und einem flachen Steinboden mit ein paar herausragenden Felsen.

»Hier müssen wir genau unter Condor Castle sein«, war Bobs Vermutung.

»Ein phantastisches Versteck!« rief Peter. »Den Einlaß außen und den Durchgang hierher konnte man ja ganz leicht absperren!«

»Und wenn jemand Leute hatte, die ihm Essen und Wasser hereinbrachten«, setzte Diego hinzu, »da konnte er hier lange Zeit in Sicherheit bleiben.«

»Falls er ungesehen hier hereinkam und genug Zeit hatte, die Zugänge abzusperren«, sagte Justus. »Aber ich glaube, das war für Don Sebastián nicht mehr drin.«

Stumm wies er zur linken Seite des Raumes. Bob leuchtete hin. Da war ein zweites Skelett! Es lag hinter einem der aus dem Boden ragenden Felsen auf dem Rücken. Geschwärzte Messingknöpfe lagen daneben, und eine verrostete alte Flinte.

»Er muß versucht haben, hinter dem Felsen in Deckung zu gehen«, sagte Peter. »Ich nehme an, das ist der zweite von den drei Soldaten.«

»Und hier ist der dritte!« rief Justus.

Bob hatte sein Licht nach vorn gerichtet, um ein drittes Skelett zu enthüllen, das mit dem Gesicht nach unten mitten im Höhlengewölbe lag. Auch hier lagen einzelne Messingknöpfe herum, dazu die Überreste verrotteter Lederstiefel und ein fast zerbröckelter Ledergürtel mit einem Pistolenhalfter. Ein Revolver in der Bauart des mexikanischen Kriegs lag dicht bei den Fingern der rechten Hand des Gerippes.

»Das ist dann vermutlich Feldwebel Brewster«, sagte Justus mit Nachdruck. »Eine Pistole und gute Stiefel.« Er schüttelte den Kopf. »Kein Wunder, daß die drei Soldaten nie mehr aufgetaucht sind!«

»Weit sind sie als Deserteure ja nicht gekommen«, sagte Peter.

»Drei habgierige Burschen auf der Jagd nach leichter Beute«, setzte Bob hinzu.

»Aber«, fragte Diego, »wo ist nun mein Ururgroßvater?«

Bob leuchtete mit seiner Lampe die ganze Höhle aus. Von ihrem Standort aus sahen die Jungen sonst nichts mehr. In den glatten Wänden schien es kein Versteck zu geben.

»Jemand hat die drei erschossen«, sagte Peter. »Wenn es nicht Don Sebastián war, wer war es dann? Oder hat Don Sebastián die Höhle wieder verlassen?«

»Möglich wäre es«, sagte Justus nachdenklich. »Aber falls er die drei Soldaten alle erledigt hätte, warum hat er sie dann nicht einfach begraben und sich selber weiterhin versteckt gehalten?«

»Vielleicht hat sie Don Sebastián auch gar nicht erschossen«, sagte Peter. »Überlegt mal, drei gegen einen, und es waren erfahrene Soldaten. Vielleicht waren da noch andere mit im Spiel, und Don Sebastián wollte nicht –«

»Es *war* Don Sebastián«, sagte Bob. »Schaut mal dort hinüber! Ganz drüben, hinten am Ende der Höhle! Da ist noch einmal ein Gang, und da ist was drin!«

Als die Jungen die Wand hinten erreichten, sahen sie allerdings, daß es hier doch keinen weiteren Gang gab, sondern nur eine niedrige Ausstülpung, die höchstens zwei Meter weiter in den Berg hineinreichte. Im Innern dieser Höhlung, dem Blick von draußen entzogen, befand sich das vierte Skelett. Es lehnte gegen einen der wenigen losen Felsblöcke in dem Raum. Die Überreste

der Kleidung unterschieden sich deutlich von den anderen. Silberne *conchos* im indianischen Stil lagen bei dem Gerippe, und zwei verrostete alte Gewehre. Diego hob einen *concho* auf.
»So werden sie hier bei uns heute noch gemacht«, sagte er beklommen. »Nun wissen wir also, warum mein Ururgroßvater verschollen geblieben ist. All die Jahre war er hier in dieser Höhle begraben.«
Justus nickte. »Und wir hatten von Anfang an recht. Don Sebastián hatte sich vorgenommen, hier unterzutauchen. Deshalb setzte er ›Condor Castle‹ oben an den Brief für José, um seinem Sohn mitzuteilen, wo er sein würde. Er flüchtete vor Brewster und seinen Soldaten, holte sein Schwert aus der alten Hütte und kam hier herauf in die Höhle. Aber die Soldaten verfolgten ihn, und so kam es hier drin zum Schußwechsel. Don Sebastián war im Vorteil, weil er sich in der Höhle auskannte. Er ging in dieser Sackgasse in Deckung und konnte sich die Soldaten einzeln vornehmen, als sie durch den Gang krochen. Er legte sie alle drei herein, aber sie ihn auch. Kurze Zeit darauf verschüttete ein Erdbeben den Höhleneingang, und niemand hat je erfahren, was mit den vier Männern geschehen war.«
»Aber Just«, sagte Bob, »warum kamen Don Sebastiáns Freunde nicht her, um ihn hier zu suchen? Sie wußten doch, daß der Adler ein Nest gefunden hatte.«
Justus zuckte die Achseln. »Das werden wir nicht mehr erfahren. Vielleicht wußten sie nicht genau, wo er war, und warteten auf weitere Nachricht von ihm. Vielleicht hatte das Erdbeben aber auch die Höhle zugeschüttet, ehe sie überhaupt hierherkommen konnten. Und bei den Kämpfen, die dann bald ausbrachen, sind die Freunde offenbar alle umgekommen oder auf der Flucht verschollen. Als José nach Kriegsende endlich heimkehrte, war niemand mehr da, der ihm sagen konnte, daß Feldwebel Brewsters Meldung über Don Sebastiáns Tod falsch war. Möglich, daß José nicht ohne weiteres geglaubt hat, das Schwert sei mit seinem Vater zusammen ins Meer gestürzt – aber dann mußte er eben annehmen, es sei gestohlen worden.«

»Just!« rief Peter. »Das Cortez-Schwert! Das müßte doch nun hier sein, bei Don Sebastián!«
Schnell durchsuchten die Jungen die kleine Höhlung. Dann sahen sie einander niedergeschlagen an.
Hier gab es kein Schwert!

Die Geheimbotschaft

»Vielleicht«, sagte Bob, »hat Don Sebastián das Schwert hier in der Höhle versteckt.«
»Für den Fall, daß ihm was zustoßen sollte«, setzte Diego hinzu. »Er muß ja gewußt haben, daß die Soldaten ihm dicht auf den Fersen waren. Das Cortez-Schwert war ein Wahrzeichen unserer Familie, nicht nur ein Wertgegenstand. Er würde unbedingt versucht haben, das Schwert zu sichern und es für José zu retten.«
»Dann suchen wir es!« rief Peter.
Da sie nur eine Stablampe hatten, mußten die Jungen zusammenbleiben. So ging die Suche nur langsam vonstatten – langsam und ergebnislos. Die Höhle war weitläufig, aber es gab keinen Platz, wo sich auch nur eine Nadel hätte verstecken lassen. Die Jungen entdeckten noch eine weitere kleine Sackgasse und ein paar flache Nischen in der Höhlenwand, aber das war alles. In dem massiven Felsboden gab es keine Löcher, kein loses Gestein, worunter etwas verborgen sein konnte, und keine Stelle, die sich zum Aufhacken und Eingraben geeignet hätte.
»Mit Brewster und den beiden anderen im Nacken – vielleicht auch schon auf dem Weg in die Höhle – kann ich mir nicht vorstellen, daß Don Sebastián Zeit hatte, das Schwert zu verstekken, auch wenn es dafür einen guten Platz gegeben hätte«, sagte Justus ratlos. »Nein, es sieht nicht so aus, als hätte er das Schwert hier in der Höhle bei sich gehabt, Freunde.«

»Aber wo ist es dann?« fragte Peter. »Wir sind ja immer noch an dem Punkt, wo wir angefangen haben!«
Das mußte Bob entmutigt bestätigen. »Wir konnten bisher so ungefähr alles nachweisen, was wir als zutreffend vermutet hatten, aber einen Anhaltspunkt dafür, wo das Schwert nun eigentlich ist, haben wir immer noch nicht.«
»Ich ... ich war so sicher, daß wir den Fall bald lösen könnten«, sagte Justus langsam. »Irgend etwas muß uns entgangen sein. Überlegt mal, was –«
»Du, Justus«, sagte Diego grüblerisch, »wenn Don Sebastián auf seinen Brief an José ›Condor Castle‹ schrieb, dann wußte er doch, José würde hierherkommen und ihn eines Tages finden, nicht?«
»Ja, ich glaube, er hatte vor, sich hier versteckt zu halten, bis José endlich zurückkehren würde.«
»Aber dann kam es anders, und Don Sebastián wurde hier in eine Schießerei verwickelt. Wenn er nun nicht gleich tot war, aber annehmen mußte, daß er sterben würde, dann hätte ihn die Frage bewegt, wie José jemals zu dem Schwert kommen sollte. Also –«
»Also hätte er für José eine Botschaft hinterlassen!« rief Justus. »Natürlich! Zumindest hätte er es versucht! Nur – ließe sich eine solche Botschaft nach all der Zeit überhaupt noch entziffern?«
»Hängt davon ab, worauf er schrieb und womit«, sagte Peter. »Falls er überhaupt eine Botschaft niederschrieb. Bei unserer Suche ist mir nichts aufgefallen.«
»Nein«, gab Diego zu, »aber wir hielten ja auch nicht eigens Ausschau nach so etwas wie einer Inschrift.«
»Wie hätte er überhaupt irgendwelche Worte aufschreiben sollen?« fragte Bob. »Papier und Tinte hatte er wohl kaum bei sich. Zumindest nicht als er auf der Flucht war.«
»Glaube ich auch nicht«, sagte Diego. »Aber er hätte vielleicht etwas zum Schreiben benutzt, das er hatte, Freunde – Blut!«
»Und worauf?« meinte Peter zweifelnd. »Falls er auf sein Hemd schrieb oder etwas Ähnliches, ist davon nichts mehr übrig.«

»Auf die Wände?« meinte Bob mit einem Blick in die Runde.
»Mit einer schweren Verwundung? Er lag ja im Sterben«, sagte Justus nachdenklich. »Bewegen konnte er sich dann nicht mehr viel. Schauen wir mal auf den Wänden der kleinen Sackgasse nach.«
Sie bückten sich alle und untersuchten die Wände des kleinen Höhlenraums, in dem Don Sebastián gestorben war. Sein Skelett schien sie von seinem Platz am Felsen zu beobachten.
»Ich sehe nichts«, sagte Peter schließlich. Er hielt sich von dem stummen Gerippe fern, so gut er konnte.
»Würde Blut überhaupt so lange sichtbar bleiben, Just?« fragte Bob.
»Da bin ich nicht sicher«, bekannte Justus. »Vermutlich nicht.«
»Was ist denn das?« fragte Diego. Er hob in der Nähe des Skeletts, hinter dem kleinen Felsen, einen Gegenstand auf, den die Jungen zuvor nicht gesehen hatten. Es war ein Tonkrug mit zerbrochenem Deckel, offenbar indianische Keramik.
»Da unten ist was drin«, sagte Diego. »Ganz schwarz und hart.«
Justus nahm den Krug in die Hand. »Das ist wirklich ein indianischer Krug. Das schwarze Zeug sieht aus wie eingetrocknete Farbe.«
»Schwarze Farbe?« meinte Bob.
Sie sahen alle den Krug an, und dann sahen sie einander an.
»Wenn Don Sebastián mit schwarzer Farbe etwas geschrieben hat«, sagte Peter, »dann könnte es inzwischen ganz verblichen sein, zugedeckt mit Staub und heute praktisch unsichtbar!«
»Also los, wir stauben die Wände ab«, sagte Justus und zog sein Taschentuch hervor. »Aber vorsichtig! Wir wollen nicht gleich die Farbschicht mit abwischen!«
Behutsam staubten sie die Wände der Sackgasse ab. Und Peter entdeckte schließlich die undeutlich sichtbaren Zeichen.
»Bob! Leuchte mal hier herüber!«
An der steinernen Höhlenwand links vom Skelett waren vier Worte schwach zu erkennen. Spanische Worte. Diego übersetzte sie laut: »Asche – Staub – Regen – Meer.«

Alle starrten auf die vier Worte und fragten sich, was sie wohl zu bedeuten hatten.

»Die beiden letzten Worte sind sehr dicht nebeneinandergesetzt«, stellte Diego fest. »Und alle sind ganz zittrig geschrieben.«

»Vielleicht«, meinte Peter, »hat er das Schwert irgendwo in einer Feuerstelle versteckt?«

»Irgendwo nahe am Meer?« fügte Bob hinzu.

»Aber wie paßt dann ›Regen‹ dazu?« fragte Diego unsicher.

»Etwa so: irgendwo bei einer Feuerstelle am Strand ist eine verstaubte Regenzisterne«, sagte Peter verdrossen. »Geben wir's doch zu, Freunde: es ist Unsinn! Es hat nichts zu bedeuten!«

»Aber warum sollte mein Ururgroßvater etwas geschrieben haben, das nichts bedeutet?« fragte Diego.

»Bestimmt hätte er das nicht getan«, sagte Justus. »Freilich . . . Asche, Staub, Regen, Meer?« Er schüttelte den Kopf. »Ich muß gestehen, ich begreife den Zusammenhang überhaupt nicht.«

»Wenn nun die Worte gar nicht von Don Sebastián stammen?« sagte Bob. »Vielleicht hatte sie schon früher jemand anders hingeschrieben.«

»Das glaube ich nicht, Bob. Don Sebastián muß für José eine Botschaft hinterlassen haben, da bin ich ganz sicher, und der Farbtopf stand ja dicht neben ihm«, sagte Justus. »Und es ist auch nicht wahrscheinlich, daß jemand die Worte nach seinem Tod hingeschrieben hat. Wenn irgendwer später hier hereingekommen wäre, dann hätte er die vier Leichen gefunden und das gemeldet, und wir hätten heute die Skelette nicht gefunden. Nein, ich bin sicher, daß Don Sebastián diese Worte geschrieben hat. Nur –«

»Vielleicht war er schon im Fieberwahn, Just«, sagte Bob. »Er war schwer verwundet und lag im Sterben. Vielleicht war ihm gar nicht klar, was er da schrieb.«

Justus nickte. »Das ist möglich, ja. Aber irgendwie spüre ich, daß die Worte als Gesamtes irgend etwas bedeuten sollen. Und Don Sebastián mußte sicher sein, daß José es verstehen würde.

Asche ... Staub ... Regen ... Meer.«
Die Worte schienen in der verborgenen Höhle zu widerhallen. Die Jungen wiederholten sie im stillen für sich, als könne sich ihr Sinn enthüllen, wenn man sie immer wieder hersagte. Ganz darauf konzentriert, hörten sie nicht gleich das seltsame Geräusch, das zur Höhle vordrang.
»Just!« rief Diego plötzlich. »Was ist denn das? Das Klopfen da? Dort oben!« Er sah hinauf zum Dach der Höhle.
»Im Freien draußen!« sagte Bob leise. »Da sind Schritte! Jemand ist oben auf Condor Castle!«
»Vielleicht die drei Cowboys«, sagte Diego.
»Wenn sie es sind«, sagte Justus, »dann finden sie uns hier nicht. Den Zugang zur Höhle haben wir ja versperrt.«
»Aber unsere Spuren!« sagte Peter erschrocken. »Wenn sie im Schlamm unsere Fußspuren finden, dann wissen sie, daß wir hier unten sind! Sie können die Steine vom Eingang wegrücken! Und dann können sie –«
»Kommt mit«, befahl Justus.
Die vier Jungen liefen durch die Höhle vor zu dem engen Gang und krochen wieder hinaus in die kleine vordere Kammer. Dort kauerten sie sich zu beiden Seiten der abgedichteten Öffnung hin und warteten im Finstern. Bald hörten sie draußen Stimmengemurmel.
»Sie kommen herunter«, zischte Peter.
Die Stimmen draußen wurden lauter, und dann konnten die Jungen undeutlich hören, wie Schritte an dem steilen Hang schleifend und rutschend näher kamen.
»Bleibt hier an den Seiten, dicht an der Wand«, wies Justus die Freunde an. »Wenn sie die Steine hereindrücken und kommen, sehen sie uns vielleicht nicht gleich. Sind sie dann an uns vorbei, können wir rasch ins Freie laufen.«
Über ihnen erklang der harte Laut von Stiefelabsätzen, die auf Stein treten. Die Stimmen waren jetzt fast unmittelbar vor der abgesperrten Höhle! Drei Stimmen, in aufgebrachtem, streitbarem Ton!

»Was reden die da?« flüsterte Bob. »Ich kann nichts verstehen.«
»Ich auch nicht«, gab Peter leise zurück.
Die Jungen horchten angestrengt. Die zornigen Stimmen waren anscheinend genau vor dem verdeckten Loch, aber sie hörten sich seltsam gedämpft an.
»Warum versuchen sie nicht hereinzukommen?« fragte Diego verstört.
»Unsere Spuren müssen sie ja entdeckt haben«, flüsterte Peter, »oder warum sollten sie sonst geradewegs zur Höhle heruntergekommen sein?«
Die vier Jungen warteten in der dunklen Höhle, und die Spannung wurde fast unerträglich.
»Jetzt sind sie schon zehn Minuten da draußen«, flüsterte Bob endlich.
Die Zeit in der Höhle schien stillzustehen.
»Fünfzehn Minuten«, sagte Bob. »Was haben die nur –«
Stiefeltritte ertönten draußen hinter der schütteren Barrikade aus Gestein, die den Höhleneingang absperrte. Rutschen und Schleifen war zu hören – und dann entfernte sich der Klang der Stimmen! Die drei Männer waren wieder weg!
Die Jungen drinnen warteten noch eine Viertelstunde ab.
»Die haben die Höhle nicht entdeckt!« rief Diego schließlich laut.
»Sie haben uns nicht geschnappt!« sagte Bob.
»Aber sie müssen unseren Spuren hier herunter nachgegangen sein«, meinte Peter. »Wie konnten sie da die Höhle verfehlen? Auch wenn es jetzt da draußen dunkel ist?«
Justus blickte starr auf die Steine, die den Höhleneingang blokkierten. »Und warum konnten wir nicht verstehen, was sie sagten? Das hätten wir doch deutlich hören müssen, solange sie da draußen in der Nähe waren.«
Einen Augenblick lang war es in der dunklen Höhle ganz still.
»Freunde«, sagte Peter schließlich, »wir ziehen mal ein paar von den Steinbrocken weg.« Bob knipste seine Lampe an und lehnte sie gegen einen Stein. Die vier Jungen zogen einen der großen

Blöcke heraus, die sie vor das Loch gewälzt hatten, dann noch einen anderen und einen dritten.
Von draußen drang weder Licht noch frische Luft zu ihnen.
Hastig und voll banger Ahnungen entfernten sie alle Steine, die sie in den Eingang zu der verborgenen Höhle gezwängt hatten.
Weder Licht noch Wind oder Regen kamen herein.
»Wo war das denn?« rief Diego verwirrt. »Wo ist der Eingang?«
Peter kroch in den dunklen Raum, den sie freigelegt hatten, und tastete vorn an dessen Ende umher.
»Stein!« drang seine beklommene Stimme zu den anderen. »Hier ist alles Stein!«
»Soll das heißen, die haben das Loch erst recht zugepackt?« rief Bob mit bleichem Gesicht.
Peter kroch langsam zurück. Seine Augen waren weit aufgerissen. »Nein, das haben sie nicht. Aber da hat es wieder einen Erdrutsch gegeben! Eine große Felsplatte hat sich vor den Höhleneingang geschoben. Deshalb haben die drei Kerle die Höhle nicht gesehen – von draußen gibt es jetzt nämlich gar keine Höhle mehr! Aus diesem Grund konnten wir sie auch nicht deutlich hören! Nur, was machen wir jetzt? Wir sind hier eingeschlossen!«

Justus hat eine Erleuchtung

Justus sagte ganz ruhig: »Siehst du auch nicht zu schwarz, Peter? Vielleicht ist der Stein doch nicht so groß. Komm, laß es uns versuchen, ob wir ihn wegschaffen können.«
Es glückte den vier Jungen, sich in den engen Raum des bisherigen Eingangs zur Höhle zu zwängen. Peter zählte bis drei, und gemeinsam drückten sie gegen den Felsen an, der sich vor die Öffnung geschoben hatte.
»Uff!« stöhnte Peter.
»Autsch!« Diego glitt aus und stürzte hin.
Bob und Justus drückten mit aller Kraft. Der Felsen wich keinen Millimeter. »Es hat keinen Zweck, Just«, sagte Bob angstvoll.
»Ebenso gut könnten wir versuchen, den Berg zu versetzen«, meinte Peter.
Sie krochen wieder aus dem Loch und setzten sich bedrückt auf den Boden der Höhle.
»Das ist kein Grund zur Panik«, sagte Justus gelassen. »Auch wenn wir jetzt nicht hier herauskönnen, werden unsere Angehörigen uns morgen früh suchen, und Pico kann ihnen von Condor Castle erzählen. Wir konnten zwar nichts verstehen, aber die Stimmen draußen hörten wir ganz gut, also werden wir die Sucher hören können und sie uns.«
»Na«, sagte Bob mit einem Anflug von Galgenhumor. »Deine Leute sind ja wohl inzwischen an solche Notfälle gewöhnt.«
Peter stöhnte. »Du meinst, wir sollen die ganze Nacht hier verbringen?«
»Wenn es sein muß«, sagte Justus unverdrossen. »Die Höhle ist gar nicht so übel. Wir haben es hier trocken und gemütlich, und genug Luft gibt es auch. Das ist mir gleich als erstes aufgefallen, als wir hereinkamen – die gute Luft. Da der Zugang so lange Zeit verschüttet war, müssen da Löcher oder Spalten im Fels sein, durch die Luft eindringt. Vielleicht gibt es sogar einen zweiten Ausgang. Ich finde, wir fangen gleich mal an zu suchen.«

»Einverstanden«, sagte Diego. »Und wenn wir uns bewegen, frieren wir schon nicht.«
Während Bob mit seiner Lampe sorgsam überall hinleuchtete, untersuchten Justus, Diego und Peter die Wände und die Decke der kleinen vorderen Höhle. Sie fanden allerdings keinen weiteren Weg ins Freie.
»Die Wand hier drüben, links von dem blockierten Eingang, ist anscheinend aus Erde«, sagte Justus, »sie wirkt so feucht. Dort können wir uns vielleicht ins Freie buddeln.«
»Ja, wenn wir geeignetes Werkzeug hätten, doch das haben wir nicht«, meinte Peter dazu. »Außerdem ist die Wand da drüben nach innen gewölbt. Wir haben ja keine Ahnung, wie dick sie ist.«
Justus nickte. »Dann schlage ich vor, wir gehen erst wieder nach hinten in die große Höhle und schauen nach, ob wir dort einen zweiten Ausgang finden.«
»Da haben wir doch schon alles abgesucht, Just«, wandte Bob ein.
»Richtig, aber wir versuchen es eben noch mal. Im übrigen möchte ich mir diese Worte, die Don Sebastián geschrieben hat, noch einmal ansehen.«
Der Erste Detektiv ging voran, zurück durch den engen Gang in die Höhle mit den Skeletten. Die Schädel grinsten die Jungen bedrohlich an, als machten sie sich über sie lustig. Bob hielt wieder die Lampe, und die Jungen arbeiteten sich langsam rings an den Wänden der größeren Höhle entlang. Von irgendwoher spürten sie ganz deutlich einen Luftzug, aber sie fanden keinen Ausgang.
»Dann müssen wir wohl oder übel hierbleiben und auf Rettung warten«, sagte Bob, »oder wir fangen vorn in der kleineren Höhle zu graben an.«
»Das sind vielleicht zwei Möglichkeiten!« beklagte sich Peter. »Hierbleiben möchte ich nicht, aber nach Graben ist mir auch nicht zumute.«
»Wenn wir schon die Nacht über dableiben müssen«, sagte

Justus, »dann beschäftigen wir uns lieber intensiv mit unserem Rätsel. Asche . . . Staub . . . Regen . . . Meer.«

»Für mich hört sich das nun mal wie sinnloses Zeug an«, sagte Peter ohne Begeisterung.

»Unverständlich vielleicht«, erklärte Justus, »aber bestimmt nicht sinnlos. Wir wollen uns die Worte noch einmal anschauen.«

In der engen Sackgasse kauerten sie sich nieder und nahmen sich noch einmal die vier spanischen Worte vor. Justus beäugte sie nachdenklich.

»Diego hat recht: die Abstände zwischen den vier Worten sind nicht gleich«, sagte der Erste Detektiv. »*Asche* steht ganz für sich, und *Staub* auch, aber *Regen* und *Meer* sind dicht zusammengeschrieben. Es könnte ein Zeichen dazwischen sein, so etwas wie ein Bindestrich, als wollte Don Sebastián, daß man die beiden Wörter zusammen liest. Also könnte die Botschaft auch heißen: *Asche . . . Staub . . . Regen-Meer.* Was sagt uns das, Freunde?«

»Gar nichts«, meinte Peter kurzerhand.

Diego schlug vor: »Daß Regen und Meer beide Wasser sind?«

»Ja.« Justus nickte. »Das haben sie gemeinsam.«

»Vielleicht, daß Regen und Meer im Grunde das gleiche sind?« sagte Bob. »Es ist doch bekannt, daß Regen aus verdunstetem Wasser über dem Meer entsteht. In den Wolken schlägt sich das Wasser wieder nieder und fällt als Regen herab, und so füllen sich die Quellen und Flüsse und Meere.«

»Richtig«, bestätigte Justus. »Der Regen kommt aus dem Meer und kehrt dann wieder ins Meer zurück. Wie läßt sich das aber mit Staub oder Asche verbinden?«

»Staub könnte aus Asche entstehen«, sagte Diego. »Aber das ist wohl zu weit hergeholt.«

»Asche entsteht nicht aus Staub«, stellte Peter fest. »Soviel ist sicher.«

»Stimmt«, sagte Justus bedächtig. »Überlegt weiter, Freunde. Es muß da einen Zusammenhang geben, irgendeinen gemeinsamen Nenner für diese vier Worte. Was für eine einfache Botschaft könnten sie als Ganzes José übermittelt haben?«

Die anderen wußten dazu nichts zu sagen.

»Also dann«, sagte der Erste Detektiv schließlich, »überlegen wir weiter, und inzwischen gehen wir wieder zur kleinen Höhle vor und sehen zu, daß wir uns da rausbuddeln können.«

»Zum Graben können wir ja die alten Gewehre verwenden«, meinte Peter.

Bob schaute in seine Satteltasche mit Werkzeug. »Hier ist nicht viel Geeignetes dabei, aber vielleicht können wir meinen Schraubenzieher als eine Art Meißel benutzen.«

Vorn in der kleineren Höhle untersuchten die Jungen das aufgeweichte Erdreich links von dem blockierten Eingang. Es war feucht und klumpig.

»Es hat jetzt eine ganze Woche lang geregnet«, erklärte Peter, »und da ist die Feuchtigkeit bis hierher vorgedrungen. Aber zwischen hier und draußen ist bestimmt eine dicke Schicht Erde. Tja«, setzte er grinsend hinzu, »das müssen wir herausfinden!«

Mit den Schäften der alten Gewehre, dem Schraubenzieher und ein paar handlichen, scharfkantigen Steinen, die sie sich suchten, begannen die Jungen zu graben. Erst klumpte der Lehm in zähen Brocken zusammen. Dann, als die Jungen weiter vordrangen, wurde das Erdreich sehr feucht. Immer wenn sie einen Fußbreit weggescharrt hatten, drückte der durchweichte Lehm nach, und sie mußten rascher graben, um überhaupt vorwärts zu kommen. Und immer wieder stießen sie auf große Steine und Felsbrocken, die sie erst ausbuddeln mußten, ehe sie sich weiter vorarbeiten konnten.

Sie schwitzten in der Höhle, und ihre Gesichter und Kleider waren schon lehmverschmiert. Stunden vergingen, und allmählich wurden sie müde und hungrig. Schließlich waren sie zu erschöpft zum Weitergraben. Sie legten sich schlafen und wachten erst am nächsten Morgen auf – daß es Morgen war, sahen sie auf ihren Uhren. In der Höhle war es noch dunkel. Die Batterien in Bobs Taschenlampe waren sehr geschwächt, und nun hatten sie nicht mehr viel Licht zum Arbeiten. Alle vier Jungen machten sich noch emsiger als zuvor ans Werk.

Um halb acht stieß Peter einen Schrei aus. »Ich sehe Licht!« rief er.
Voll Eifer und mit frischem Mut drängten sie sich alle in das enge Loch, das sie gegraben hatten, und scharrten wie verrückt. Die Öffnung vergrößerte sich, das willkommene Licht wurde heller, und dann waren sie durch! Hochgestimmt krabbelte einer nach dem anderen ins Freie, und dann standen sie im Regen auf dem kahlen Hang des hohen Bergrückens.
»Mann!« rief Peter. »Hört euch das an!«
Vom Tosen des Hochwasser führenden Flusses schien das ganze Land zu erbeben. Diego zeigte auf den Damm.
»Die Staumauer ist halb eingestürzt!« schrie er. »Und –«
»Da ist ja der ganze Hügel weg!« erkannte Bob.
»Schaut mal!« rief Justus und zeigte in den Arroyo hinunter.
Der Arroyo unter ihnen, der zu der eine Meile entfernten Hacienda führte, hatte sich gründlich verändert. Es war nun ein tiefer, reißender Fluß. Die Wassermassen, die über den geborstenen Damm stürzten, hatten den Hügel abgetragen, der vorher den Santa Inez Creek vom Arroyo getrennt hatte. Jetzt ergoß sich die Flut nicht nur in einem Flußbett, sondern in zwei parallelen Armen zum Meer!
»Du, da muß das Wasser im Arroyo jetzt ganz nahe an eurer Hacienda vorbeifließen«, sagte Bob zu Diego.
Auf dem steilen Berghang hellte sich Justs Blick plötzlich auf. »Freunde!« sagte er in einer Erleuchtung. »Jetzt sehe ich klar!«

Bob sagte es lange vorher: »Wenn der Hügel nicht da wäre, hättet ihr hier einen zweiten Fluß.« Darf ich ergänzen: Wenn der Arroyo jetzt zum Fluß geworden ist, hätte auch schon vorher einmal dort ein Fluß sein können. Und nun nehmt euch noch einmal die Tagebucheintragung jenes Leutnants vor – und, was das Cortez-Schwert betrifft, meine drei »wo« ganz zu Anfang: worin, worunter, woran?

»Was meinst du, Just?« riefen Peter und Bob.
Justus wollte zum Sprechen ansetzen, aber plötzlich zeigte er den Berggrat entlang, vor zur Landstraße in der Ferne.
»Da kommen ein paar Männer!« rief er. »Wenn das wieder diese Cowboys sind –«
Peter beschattete die Augen mit der Hand. Auf dem Fußpfad nach Süden über die Reihe der Bergzüge kamen vier Männer rasch auf sie zugelaufen – auf demselben Pfad, den die Jungen nach den Löscharbeiten vor einer Woche zur Hacienda gegangen waren.
»Das ist mein Vater und Mr. Andrews!« sagte Peter. »Und der Sheriff und Kommissar Reynolds sind auch dabei!«
Die Jungen rannten den Berg hinunter, den Männern entgegen.
»Peter!« rief Mr. Shaw. »Alles in Ordnung mit euch?«
»Ja, alles bestens, Papa«, sagte Peter und grinste seinen Vater an.
Mr. Andrews war voll Unmut. »Was habt ihr nur die ganze Nacht hier draußen getrieben?«
»Wir konnten nichts dafür, Papa«, sagte Bob und berichtete dann von dem unfreiwilligen Aufenthalt in der Höhle. »Der Erdrutsch hat sie geöffnet und dann hinter uns wieder dichtgemacht. Aber wir haben herausgefunden, was mit Don Sebastián Alvaro und den drei amerikanischen Soldaten geschehen ist!«
»Und damit habt ihr wieder einmal ein Geheimnis aus alter Zeit enthüllt.« Der Kommissar lächelte.
»Aber die Eltern halb tot geängstigt!« sagte der Sheriff finster. »Pico Alvaro hat uns erzählt, wie ihr mit so viel Mühe und doch vergeblich versucht habt, seine Ranch zu retten, und wir alle haben die halbe Nacht nach euch gesucht! Dein Onkel, Justus Jonas, ist mit Patrick und Kenneth und mit Mr. Norris und seinen Leuten bei der Suche auf der anderen Seite des Flusses! Aber nun sagt uns endlich, wie ihr überhaupt in diese Höhle hineingekommen seid!«

»Ja, Sir«, sagte Peter. »Wir –«
Justus hakte ein. »Wir erklären es Ihnen auf dem Weg zur Hacienda, Sir. Ich möchte nicht, daß sich mein Onkel noch länger Sorgen macht. Könnten Sie ihm und den anderen mit Sprechfunk durchgeben, daß wir uns bei der abgebrannten Hacienda treffen?«
»Na gut, aber hoffentlich hast du eine vernünftige Erklärung parat. Lausebengel, die leichtsinnig in meinem Revier herumrennen, kann ich hier nicht brauchen!«
Der Sheriff sprach in sein Walkie-Talkie und wies die andere Gruppe an, daß man sich bei der Hacienda Alvaro treffen würde, und dann erzählten die Jungen ihre Geschichte, während sie auf dem Fußpfad hangabwärts schritten. Sie schilderten die Suche nach dem Schwert und ihren Verdruß mit den drei Cowboys. Als sie mit ihrem Bericht zu Ende waren, hatte die Gruppe die Landstraße erreicht und die Brücke über den ehemaligen Arroyo überquert, und nun waren alle bei der Hacienda angelangt.
Onkel Titus war mit Patrick und dessen Bruder Kenneth schon da. Hinter ihm stand Mr. Norris bei seinem Geländewagen mit Skinny, dem Verwalter Cody und zwei anderen Männern.
Ein Hilfssheriff wartete im Wagen des Sheriffs. Onkel Titus lief zu Justus hin. »Justus? Ist alles in Ordnung mit dir? Und mit euch anderen?«
»Ja, alles klar, Onkel Titus.«
Skinny kam mit Mr. Norris und Cody an. »Also wißt ihr – wenn Dummheit weh täte . . .« feixte Skinny.
»Laß das jetzt, Skinner«, fuhr ihn Mr. Norris an. »Ich bin froh, daß euch nichts passiert ist, Jungs.«
»So, und jetzt erzählt mal«, sagte der Sheriff. »Warum waren diese drei Männer hinter euch her?«
»Weil sie Pico den Flächenbrand in die Schuhe schieben wollten«, sagte Peter eifrig, »und weil sie wahrscheinlich auch die Hacienda abgebrannt haben!«
Cody schnaubte verächtlich. »Das Feuer hat Alvaro verursacht. Er ist zu leichtsinnig, er dürfte hier in der Gegend keine Ranch betreiben.«

»Und morgen ist sowieso Schluß damit«, höhnte Skinny.
Mr. Norris herrschte ihn an: »Ich sag's dir noch mal, Skinner: halt den Mund! Und du auch, Cody.« Er sah Justus an. »Kannst du beweisen, daß Pico Alvaro den Flächenbrand nicht verursacht hat, Jonas?«
»Wir wissen genau, daß er es nicht war, Mr. Norris«, sagte Justus. »An diesem Tag hatte Pico seinen Hut noch um drei Uhr, als er bei uns vor der Schule war. Und wenn der Sheriff sagt, das Feuer sei schon vor drei Uhr ausgebrochen, dann konnte Pico seinen Hut nicht bei diesem Feuer verloren haben.«
Bob warf ein: »Skinny – ich meine Skinner, Sir, und Mr. Cody müssen doch auch gesehen haben, daß Pico bei der Schule seinen Hut getragen hat!«
»Ich kann mich an einen Hut nicht erinnern«, sagte Skinny.
»Weil er nämlich gar keinen aufhatte!« setzte Cody hinzu.
»O doch, Sir«, sagte Justus unbeirrt. »Und er hatte ihn auch auf, als wir später an diesem Nachmittag zur Hacienda kamen. Er hängte ihn an einen Haken in der Scheune, und als das Feuer ausbrach, lief er hinaus und ließ ihn hängen. Normalerweise wäre der Hut in der Scheune verbrannt, aber dazu kam es nicht. Diese drei Cowboys gingen nämlich zu der Scheune, als alle anderen beim Feuer waren, nahmen den Hut mit und legten ihn beim Brandherd hin, um Pico die Schuld zuzuschieben.«
»Das könnt ihr nicht beweisen«, knurrte Cody. »Wieso sollten die drei Cowboys Alvaro beschuldigen – falls diese Cowboys überhaupt existieren?«
Justus kümmerte sich nicht um den Einwand des Verwalters. »Sie wollten Pico die Schuld zuschieben, weil sie selber verbotenerweise dieses Feuer im Gelände angezündet hatten. Und ich bin ziemlich sicher, sie haben auch die Hacienda und die Scheune niedergebrannt.«
»Kannst du das beweisen, Justus?« fragte Kommissar Reynolds.
»Und wo sollen wir diese Cowboys finden?« meinte der Sheriff.
»Ich glaube, die finden Sie auf der Norris-Ranch.«
Empört sagte Mr. Norris: »Willst du etwa damit sagen, daß ich

mit diesen Männern und mit dem, was sie womöglich angerichtet haben, irgendwas zu schaffen habe, junger Mann?«
»Nein, Sir. Ich nehme an, Sie selber wußten überhaupt nichts. Aber irgend jemand hier ist genau im Bilde. Die drei gingen nicht allein zu der Alvaro-Scheune, um den Hut zu holen. Oder, Skinny?«
»Skinner?« Mr. Norris starrte seinen Sohn an.
»Er spinnt, Papa!« rief Skinny.
Justus griff in seine Tasche und hielt den Bund Autoschlüssel in die Höhe. »Diese Schlüssel haben wir in der Scheune gefunden. Die Cowboys suchten danach, und deshalb waren sie auch hinter uns her – um uns die Schlüssel wieder abzunehmen. Sie waren ihnen heruntergefallen, als sie Picos Hut holten. Sie werden sicher feststellen, daß sie zum Geländewagen der Norris-Ranch gehören!«
»Unser Wagen?« rief Mr. Norris.
»Da bin ich ganz sicher, Sir«, sagte Justus. »Notfalls probiere ich es aus, aber vielleicht zeigt uns Skinner seine Schlüssel, damit wir vergleichen können.«
»Skinner?« Wieder starrte Mr. Norris seinen Sohn an.
»Ich – ich –« stammelte Skinny, und plötzlich warf er Cody einen haßerfüllten Blick zu. »Ich hab' sie Cody gegeben, Papa! Er sagte mir, er hätte seine beim Feuer verloren! Aber er sagte mir nicht –«
»Du verdammter Feigling!« fuhr Cody zornig auf. »Na schön, das ist mein Schlüsselbund zum Geländewagen. Er ist mir in der Scheune heruntergefallen, als ich den Sombrero von diesem Mexikaner herausholte. Aber Skinny hat genau Bescheid gewußt!«
Alle blickten auf den stämmigen Verwalter.
»Mit den Cowboys bin ich bekannt«, sagte der Mann unwillig. »Sie mußten mal für 'ne Weile untertauchen, und ich war ihnen eine Gefälligkeit schuldig, also kamen sie zu mir. Ich ließ sie draußen auf dem Gelände von Mr. Norris kampieren, und sie hielten sich da versteckt. Aber die Blödmänner machten ein

Lagerfeuer, obwohl ich es ihnen verboten hatte, und so breitete sich der Flächenbrand aus. Mir war klar, daß ich hier herausfliegen würde, wenn Mr. Norris davon Wind bekommen sollte, also gingen wir zu den Alvaros, und da entdeckte ich in der Scheune Picos Hut. Den nahmen wir mit und legten ihn später beim Feuer hin. Ja, und dabei hab' ich Idiot in der Scheune die Schlüssel verloren!«
Der Sheriff sagte aufgebracht: »Warum haben Sie die Schlüssel nicht gleich gesucht?«
»Ich wollte bloß schnell den Hut loswerden«, sagte Cody widerstrebend. »Und wir hatten Angst, es könnte uns einer beobachten, und –«
»Und mittlerweile brannte die Scheune schon lichterloh, nehme ich an!« rief Peter.
»Ja«, sagte Cody kläglich. »Das war ich aber nicht, bestimmt nicht! Ich wollte nicht absichtlich Schaden anrichten oder gar irgendwen verletzen. Nur sollte Mr. Norris nicht merken, daß Cap, Pike und Tulsa auf seinem Gelände kampiert und das Feuer verursacht hatten. Aber diese blöden Tippelbrüder hörten mich sagen, daß wir gern die Alvaro-Ranch hätten, und da dachten sie, sie helfen mir damit, wenn sie einfach die Scheune und das Wohnhaus anzünden! Ich bekam das erst mit, als es zu spät war, und meine Schlüssel waren in der Scheune!«
»Aber eines steht fest: Sie haben versucht, uns daran zu hindern, daß wir den Alvaros helfen«, sagte Bob erbittert. »Sie und Skinny! All das Herumschnüffeln, das Horchen am Fenster und die Angstmache!«
»Ich hab' nur meine Arbeit getan!« wehrte sich Cody.
»Deine Arbeit«, fuhr Mr. Norris auf, »die kannst du dir an den Hut stecken! Geh und pack deine Sachen, Cody. Du bist fristlos entlassen!« Er starrte Skinny an. »Und mit dir rede ich später, junger Mann!«
»Er kann seine Sachen holen«, sagte der Sheriff, »aber mein Hilfssheriff geht mit. Er ist verhaftet, weil er Pico Alvaro falsch beschuldigt hat, und wegen Verdachts auf Brandstiftung!«

Der Sheriff und sein junger Kollege führten Cody zu ihrem Wagen. Mr. Norris ließ Skinny zum Geländewagen kommen und stellte sich vor den Jungen hin.
»Ich will die Alvaro-Ranch haben, und ich bekomme sie auch«, erklärte er ohne Umschweife. »Aber mit unlauteren Machenschaften will ich sie mir nicht aneignen. Es tut mir leid.«
Ehe der Kommissar zu seinem Wagen ging, lobte er die drei ???. »Ihr habt einen Unschuldigen entlastet. Pico wird sofort aus dem Gefängnis entlassen. Gut gemacht!«
Als alle anderen den Hof verlassen hatten, sah Onkel Titus auf seine Uhr und schickte Patrick und Kenneth los, damit sie den Lastwagen vom Schrottplatz holten. »Wird Zeit, daß ihr vier euch mal wieder gründlich wascht und was zu essen erhaltet«, sagte er zu den drei ??? und Diego. »Und dann werden wir sehen, ob ihr wieder in Form seid und in die Schule gehen könnt.«
»Aber erst müssen wir noch eine Viertelstunde hier im Gelände bleiben«, sagte Justus. »Das dürfte gerade reichen.«
»Hierbleiben?« sagte Onkel Titus verblüfft. »Wieso denn, Justus?«
»Reichen? Wofür, Just?« fragte Bob.
»Na, damit Mr. Norris die Alvaro-Ranch eben nicht bekommt – ist doch klar«, sagte Justus ein wenig selbstgefällig. »Wir müssen das Cortez-Schwert finden!«
»Ja richtig!« rief Diego. »Du hast doch gesagt, du siehst klar.«
»Natürlich«, erklärte Justus. »Kommt nur mit.«
Er schritt auf die Landstraße zu, und die Freunde und Onkel Titus kamen hinterher. Es hatte aufgehört zu regnen, und die Morgensonne versuchte durch die Wolken zu brechen. Als die Gruppe sich der Brücke über den Arroyo näherte, blieb Justus stehen.
»Erinnert ihr euch an die Aufzeichnung im Tagebuch des amerikanischen Leutnants? Wie er schrieb, er hätte Don Sebastián gesehen – auf einem Bergkamm drüben über dem Fluß, mit einem Pferd?«

»Klar«, sagte Peter. »Diese Eintragung, bei der er sich geirrt haben muß, denn wenn man von der Hacienda herkommt, ist doch über dem Fluß kein Berg zu sehen.«
»Aber jetzt ist einer da«, sagte Justus triumphierend. »Und 1846 war auch einer da. Schaut mal!«
Drüben, jenseits des Arroyo, der jetzt ein reißender Fluß war, erhob sich das Standbild mit dem geköpften Pferd deutlich sichtbar auf dem hohen Bergrücken!
»1846 und vorher«, setzte Justus den anderen auseinander, »muß es zwei Arme des Santa Inez Creek gegeben haben. Auf den alten Landkarten konnten wir das nicht erkennen, weil ein Arroyo und ein Fluß auf einer Karte gleich aussehen. Aber 1846, als der Leutnant hier war, führte der Arroyo Wasser. Und dann entstand bei einem Beben durch einen Erdrutsch an dem Bergrücken beim alten Staudamm dieser Hügel, und der schnitt den einen Flußlauf vom Wasser ab. Vielleicht war es das gleiche Erdbeben, das auch die Höhle zuschüttete. Jedenfalls wurde das eine Flußbett zum Arroyo und führte von da an kein Wasser mehr. Und alle haben vergessen, daß es jemals ein Fluß gewesen war!«
»Dann hatte der Leutnant also doch recht!« sagte Bob. »Er sah tatsächlich Don Sebastián auf einem Berg über dem Santa Inez Creek. Er sah ihn bei der Statue, und er glaubte, es sei ein richtiges Pferd, weil er sich hier nicht auskannte und von dem Reiterstandbild nichts wußte.«
»Genau, Bob.«
Justus führte die anderen über die Brücke und begann den steilen Berg hinaufzuklettern. Peter starrte auf das geköpfte Pferd, das sich gegen den heller werdenden Himmel abhob.
»Don Sebastián war vermutlich beim Verstecken der Schwerthülle, als dieser Leutnant ihn sah«, sagte der Zweite Detektiv. »Also glaubst du, an der Statue ist irgendein Fingerzeig, der uns bisher entgangen ist, Just?«
»Asche . . . Staub . . . Regen-Meer«, zitierte der Erste Detektiv. »Ich war gleich überzeugt, das war Don Sebastiáns Abschieds-

botschaft an seinen Sohn José, und so ist es auch! Denkt mal nach, Freunde! Der Regen kommt aus dem Meer und kehrt wieder ins Meer zurück. Und die Asche? Und der Staub? Sie waren sehr fromme Leute, die kalifornischen Spanier. Sie –«
»Asche zu Asche!« rief Diego.
»Und Staub zu Staub«, ergänzte Bob. »Die Worte aus der kirchlichen Begräbnisliturgie! Es bedeutet, daß am Ende alles dorthin zurückkehrt, wo es herkam. Zurück zum Ursprung!«
»Ja!« rief Justus. »Don Sebastián war schwer verwundet und hatte nur noch wenig Zeit. Er schrieb diese Worte, da er sicher war, daß José sie sofort verstehen konnte. José würde begreifen, daß sein Vater versucht hatte, das Schwert vor den Amerikanern zu retten, das wußte Don Sebastián, und er schrieb die vier Worte, um José zu erklären, wo es war – bei seinem Ursprung. Bei Cortez selbst!«
Nun hatten sie alle den Bergkamm erreicht und sahen es vor sich – das Pferd ohne Kopf mit seinem bärtigen hölzernen Reiter, der stolz über das Alvaro-Land hinschaute.
»Du meinst«, sagte Onkel Titus, »das Schwert ist also doch in der Statue versteckt? Genau wie die Hülle?«
»Aber wir haben die Statue doch untersucht«, erhob Diego Einspruch. »Da ist nirgends ein Platz, an dem sich ein Schwert verstecken ließe!«
»Sag bloß nicht, er hat das Schwert hier vergraben«, stöhnte Peter. »Vom Graben hab' ich für die nächsten hundert Jahre die Nase voll!«
»Nein, Kollege«, sagte Justus. »Ich glaube nicht, daß wir noch mal graben müssen. Wißt ihr noch, wie wir uns von Anfang an wunderten, warum Don Sebastián das Schwert aus der Lederhülle herausgenommen hat? Die Hülle diente zum Schutz des wertvollen Schwertes, aber aus irgendeinem Grund entfernte er sie. Und dieser Grund ist mir jetzt klar!«
»Was ist es, Just?«
»Sag schon!«
»Wo ist das Schwert, Just?«

Justus grinste. »Erinnert ihr euch an den Topf schwarzer Farbe, mit der Don Sebastián die Botschaft schrieb? Diese Farbe hat er noch zu einem anderen Zweck benutzt. Er brachte das Schwert wirklich dorthin zurück, wo es herstammt. Es ist nicht *in* dem Standbild versteckt, sondern *an* dem Standbild!«
Der Erste Detektiv streckte den Arm aus und zog an dem Holzschwert, das der hölzernen Figur des Cortez zur Seite hing. Es riß hörbar von den Nägeln ab, womit es befestigt war, und als es gegen die Flanke des geköpften Pferdes schlug, klirrte es! Justus zog sein Taschenmesser heraus und schabte über die schwarze Oberfläche der Schwertscheide, und gerade in diesem Augenblick brach die Sonne durch die Wolken.
Wo Justus die schwarze Farbe abgekratzt hatte, funkelte eine lange Reihe Edelsteine – rot, blau, grün und diamantklar, auf silbernem Metall!
»Das Schwert des Cortez«, sagte Justus und hielt es hoch gegen die Sonne.

Alfred Hitchcock und der Sieg der Gerechtigkeit

»Asche zu Asche, und Staub zu Staub«, zitierte Alfred Hitchcock. »Besser hätte Don Sebastián seine Botschaft nicht formulieren können, meine jungen Freunde, und besser hätte niemand diesen Fall aufklären können als Justus, unser Genie!«

Es war ein paar Tage später, und die Jungen saßen in dem bequemen Büro des großen Filmregisseurs. Sie waren hergekommen, um ihm von ihrem neuesten Fall zu berichten und zu fragen, ob Alfred Hitchcock Bobs Niederschrift wieder als Buch veröffentlichen wollte. Ein bewaffneter Wachmann hatte die Jungen begleitet, denn sie hatten das Cortez-Schwert mitgebracht, um es Mr. Hitchcock zu zeigen. Da lag es auf dem Pult des Regisseurs, von der schwarzen Farbschicht befreit. Es war ein wundervolles Kunstwerk aus Gold, Silber und Edelsteinen. Justus zeigte auf einen der Smaragde. Das war der Stein, den die Jungen in der alten Hütte gefunden hatten, und nun war er wieder fest in den Degenknauf eingefügt.

»In der Tat eine Kostbarkeit von höchstem Seltenheitswert.« Alfred Hitchcock lächelte kennerhaft, als er das legendäre Schwert mit einem unverkennbaren Anflug von Neid anfaßte. »Das ist für die Alvaros also die Rettung. Was ist aber aus denen geworden, denen ihr all die Sorgen und Probleme zu verdanken hattet?«

»Die drei Cowboys erwischte der Sheriff draußen im Bergland auf dem Norris-Gelände, wie ich es erwartet hatte«, sagte Justus. »Sie hielten sich dort draußen mit Codys Hilfe versteckt, weil in Texas eine Fahndung nach ihnen wegen eines Raubüberfalls lief. Sie haben gestanden, daß sie die Hacienda angezündet haben, und das entlastet Cody.«

»Dann läuft dieser Schuft Cody also frei herum?« fragte der Regisseur.

»Nein, Sir«, sagte Bob. »Er steht wegen verschiedener Gesetzesübertretungen unter Anklage. Immerhin hat er Pico falsch angeschuldigt, flüchtigen Kriminellen Unterschlupf gewährt und die Hunde auf uns gehetzt. Und die Liste ließe sich noch fortsetzen.«

»Aha«, sagte Alfred Hitchcock befriedigt. »Dann braucht er sich in Zukunft keine Sorgen um einen Arbeitsplatz zu machen.«

»Skinny allerdings«, setzte Peter hinzu, »der ist recht glimpflich davongekommen. Im Grunde hat er nichts getan, nur verheimlicht, was Cody und die drei Cowboys angerichtet hatten. Die Anwälte seines Vaters haben die Schuld auf Codys schlechten Einfluß geschoben und Skinny mit Bewährungsfrist herausgepaukt. Mr. Norris hat ihn inzwischen in einem Nachbarstaat in eine Kadettenanstalt gesteckt!«

»Ich fürchte, die eigentliche Ursache für das Versagen des jungen Skinner liegt bei einem allzu nachsichtigen Erziehungsberechtigten«, sagte der Regisseur mit einem Seufzer. »Wollen wir hoffen, daß es nicht schon zu spät ist und daß der Drill noch etwas nützt! Aber was wird nun aus dem Schwert des Cortez?«

»Na«, sagte Justus grinsend, »als Mr. Norris das zu Gesicht bekam, wollte er es natürlich gleich kaufen!«

»Und wie üblich möglichst günstig – andere boten weit mehr«, setzte Bob hinzu. »Ich finde Mr. Norris einfach widerlich geschäftstüchtig!«

»Eine Bank am Ort hat Pico und Diego das Geld geliehen, um bei Mr. Norris die Hypothek in einem Betrag abzulösen, also müssen sie nicht überstürzt entscheiden, was mit dem Schwert geschehen soll«, erklärte Justus.

»Sehr großzügig«, meinte Mr. Hitchcock leicht verächtlich. »Immer dasselbe! Banken sind wie Kunstmäzene – das Geld rücken sie heraus, wenn man nicht mehr darauf angewiesen ist!«

»Jedenfalls«, sagte Peter, »sind Pico und Diego so gut wie entschlossen, das Schwert für das Landeskundemuseum an die mexikanische Regierung zu verkaufen, auch wenn das nicht das höchste Angebot ist. Pico meint, das Schwert sei ein Teil der Geschichte Mexikos und der Familienchronik Alvaro.«

»Eine stolze und ehrenwerte Entscheidung«, sagte der große Filmemacher.

»Immerhin zahlt die mexikanische Regierung den Alvaros mehr als genug, damit sie das Bankdarlehen zurückzahlen, die Hacienda wieder aufbauen und moderne Geräte und Maschinen für die Landwirtschaft anschaffen können«, sagte Justus, und dann lächelte er. »Und sogar genug, damit sie nun auch noch die Norris-Ranch dazukaufen können!«
Da riß Mr. Hitchcock den Mund auf. »Was, der arrogante Norris will also künftig nicht mehr Großgrundbesitzer spielen?«
»Nein, Sir.« Peter lachte. »Pico könnte ihn von Rechts wegen für all den Schaden haftbar machen, den Cody angerichtet hat, als er noch bei Mr. Norris beschäftigt war! Als Mr. Norris das klar wurde, schwenkte er kurzerhand um und bot sein Land den Alvaros zu einem sehr anständigen Preis an – nur verklagen sollten sie ihn nicht!«
»Und Pico und Diego schaffen es vielleicht sogar, wieder etwas von dem ursprünglichen Besitz der Familie Alvaro aus der Siedlerzeit zurückzukaufen«, sagte Bob noch.
Da lachte der berühmte Filmregisseur aus vollem Halse. »Einfach großartig!« rief er mit dröhnender Stimme. »Da hat sich das Blatt aber gründlich gewendet! Es kommt also doch noch vor, daß die Gerechtigkeit siegt. Diesen Fall werde ich mit Begeisterung als Buch herausgeben!«
Die Jungen dankten ihm und gingen mit dem Schwert und dem Wachmann wieder weg. Alfred Hitchcock saß lächelnd da, als sie fort waren. Hier war der guten Sache tatsächlich Recht widerfahren, und das Recht – darüber hegte der große Freund der drei ??? keinen Zweifel – würde auch im nächsten Abenteuer wieder den Sieg erringen!

Eines Abends, etwa drei Wochen vor seinem Tode, ich weiß es noch wie heute, stand er, als ich in meinem Wägelchen ankam, gerade vor dem Portal. Ich stieg ab, um ihn zu begrüßen. Da sah ich, wie plötzlich furchtbares Entsetzen sein Gesicht verzerrte. Ich drehte mich rasch um, konnte aber nur noch am Ende der Eibenallee einen großen schwarzen Schatten wie von einem Kalb davonspringen sehen. Sir Charles ließ nicht locker, bis ich zum Ende der Allee ging, um zu schauen, was da gewesen war. Ich fand natürlich nichts, aber auch gar nichts. Offensichtlich aber hatte die Erscheinung ihn seelisch aufs äußerste mitgenommen, und ich hatte viel Mühe, ihm seine Wahnvorstellungen wieder auszureden, denn er behauptete, einen riesigen Hund gesehen zu haben.
Ach, hätte ich die Sache doch ernster genommen, vielleicht würde Sir Charles dann heute noch leben!
Die Reise nach London war meine Idee. Ich erhoffte mir für Sir Charles von der Großstadt einige Ablenkung. Er sollte auf andere Gedanken kommen, ins Theater gehen, Leute treffen und endlich den verd ... - Entschuldigung! - Hund vergessen. Nur so war auf eine gewisse Stabilisierung seines Gemütszustandes zu hoffen, eine Ansicht übrigens, die unser gemeinsamer Freund Stapelton, der sich ebenfalls große Sorgen um Sir Charles machte, teilte. Nun, der Tod hat das vereitelt.
In der fraglichen Nacht war ich, von Perkins, dem Stallknecht, alarmiert, als erster, nach Barrymore natürlich, bei Sir Charles. Ich konnte nur noch seinen Tod feststellen. Dann sah ich mich, so gut das im Licht der Laterne ging, etwas um. Drei Spuren liefen durch die Eibenallee. Meine, die von Barrymore und die von Sir Charles. Man sah deutlich, daß er vom Haus bis zur Moorpforte ruhig gegangen, dann aber offensichtlich in höchster Eile weitergelaufen sein mußte. Daß sein Gesicht schrecklich verzerrt war, wissen Sie ja schon. Aber er hatte auch die Hände tief in die Erde gekrallt. Und da war noch etwas: noch mehr Spuren, frisch und deutlich, nicht weit weg von der Leiche.«

Dies ist eine Leseprobe aus Sherlock Holmes, Der Hund von Baskerville, erschienen in der Franckh'schen Verlagshandlung.